우리가 지금
휘게를 몰라서
불행한가

우리가 지금
휘게를 몰라서
불행한가

한민(문화심리학자) 지음

정작 우리만 몰랐던
한국인의 행복에 관한 이야기

위즈덤하우스

한국인의 행복지수는
왜 항상 낮은 걸까?

행복해지기 위한 비법이 따로 있을까? 결론부터 말하자면 '행복의 비밀' 같은 건 없다. 이미 다 공개된 지 오래다. 행복의 비밀이란 건 이제 모두에게 공개된 오픈 소스 같은 것이다. 행복해지는 방법을 모르는 사람은 없다.

행복이란 다음 한 줄로 요약된다.

좋은 느낌과 긍정적인 기분이며, 의미 있는 삶을 사는 것.

행복해지는 방법은 다음과 같다. 긍정적으로 생각하라. 가진 것에 감사하라. 집착을 버려라. 자존감을 높여라. 가까운 사람과 시간을 보내라. 적당한 운동을 하라….

행복해지는 방법은 수많은 사례와 연구를 통해 확인됐고 무수히 많은 저자에 의해 글로 남겨졌다. 모두 어디서 한 번쯤은 들어본 이야기다. 우리는 이미 답을 알고 있다.

그럼에도 불구하고 우리가 행복하지 못한 이유는 우리가 한국에 살고 있는 한국인이기 때문이다. 세계 최하위권을 맴도는 한국인의 행복도는 언급하기조차 진부한 일이 되어 버렸다. 한국인들에게 특별히 긍정적인 기분을 느낄 일이 없는 걸까? 아니면 한국에서는 삶에서 의미를 찾기가 힘든 것일까?

톨스토이의 명작《안나 카레니나》는 다음과 같은 문장으로 시작한다. "행복한 가정은 모두 비슷한 이유로 행복하지만, 불행한 가정은 저마다의 이유로 불행하다."

한국인들이 행복하지 못한 이유도 이미 널릴 만큼 널려 있다. 지나친 경쟁, 부족한 사회 안전망 등 외적인 원인부터 물질적 부에 과도하게 집착하는 점, 외모나 사회적 지위에 민감한 점, 타인의 시선을 너무 의식한다는 점 등이 그것이다. 이런 사실들을 모르는 사람은 없다. 문제는 '그럼에도 불구하고' 우리가 행복해지지 않는다는 것이다.

그렇다면 이제 문제를 보는 시각을 바꿀 차례 아닐까. 지금 우리는 목적지로 가는 버스티켓을 사놓고도 버스를 타지 못하는 상황이다. 행복에 이르는 길을 다 알고도 그 길을 가지 못하는 이유는 뭘까?

나는 이 책에서 그 이유를 다루려고 한다. 자존감이니 무슨 감사일기 쓰기니 하는, 그렇고 그런 자기계발서를 쓸 생각은 애초에 없다. 독자 여러분의 시간은 소중하니까.

우리가 불행한 이유는 우리의 현실에 있다. 한국은 불행한 현대사를 가진 나라다. 일제강점기, 동족 간의 전쟁과 분단, 냉전과 군사독재, IMF…. 우리의 할아버지, 할머니, 아버지, 어머니는 이러한 세월을 지내오신 분들이다. 이분들이 겪어왔던 직접적인 피해와 상처도 문제이지만 이러한 상황 속에서 살아남기 위해 체득한 과도한 경쟁과 성공 지향 주의 등의 습관과 문화 또한 가볍게 볼 수 없다.

지금은 여러모로 좋은 조건이 갖춰졌다고 하지만 과거의 상처는 여전히 남아 있고, 그 흔적은 그분들의 자녀인 우리의 삶에도 깊게 새겨져 있다. 이런 역사 위에서 행복을 찾으려면 자존감 높이기나 감사일기 같은 방법 이상의 것이 필요하다.

그다음으로 나는 우리 사회에 널리 알려진 행복에 대한 오해들을 바로잡고자 했다. 행복은 돈과 관련이 없는가. 비교는 행복의 적일까. 소확행은 행복의 지름길이 맞는가. 노력하는 사람은 정말 즐기는 사람을 이기지 못할까. 관계에서 물러나 자신에게 집중하면 행복해질까….

행복에 관한 이런 가르침들은 행복의 본질적인 부분과 동떨어져 있을뿐더러 우리가 행복하려고 기울이는 수많은 노력은 또 다른 강박이 되어 오히려 행복에서 멀어지게 한다. 그렇다면 행복해지려면 과연 무엇을 해야 하는가.

결국 내가 전하고 싶은 메시지는, 행복은 나의 몫이라는 점이다. 진정한 행복은 나의 삶에서 비롯되어야 한다. 그리고 행복을 위한 과정 중에 경험되는 수많은 고난과 고통은, 불행으로 해석되어서는 안 된다.

건강하기 위해서는 근육이 땅기고 숨찬 운동을 해야 하고, 교양을 갖추려면 지루하고 따분한 책도 읽어야 한다. 멋진 몸매를 위해서는 맛있는 음식도 참아야 하고, 자기계발을 위해서라면 꿀 같은 아침잠도 줄여야 한다.

안전한 집을 원한다면 바깥의 도적으로부터 집을 지켜야 하고, 깨끗한 집을 원한다면 청소와 설거지를 미뤄선 안 된다. 우리는 사랑하는 사람을 위해서 힘든 일상을 견디고 내 아이의 밝은 미래를 위해서라면 현재의 어떤 고통도 참을 수 있다.

우리가 이런 고통을 견디는 이유는 그것이 내 삶이기 때문이다. 인간은 주어진 삶을 가치 있게 살아낼 책임이 있는 존재다. 처한 조건은 사람에 따라 다를 수 있으나 그 안에서 어떠한 삶을 살 것인가는 각자의 선택이며 책임이다.

나는 누구나 적극적이고 긍정적으로 자신의 삶에서 행복을 찾아내길 바란다. 외면과 도피로는 당장 조금 더 좋은 기분을 맛볼 수 있겠지만 그것을 행복이라 하기는 어렵다. 지금, 여기서 내가 살아가는 이유를 찾고 의미 있는 삶을 사는 것이 진정한 행복에 도달하는 길 아닐까.

현실을 마주하고 화낼 일이 있으면 화를 내자. 욕먹어 마땅한 놈들에게는 욕도 하고, 싸울 땐 싸우는 거다. 즐거운 일이 있으면 밤을 새워 달려도 보고 때로는 정신없이 흔들어도 보자. 사는 게 그렇다. 누구나 자신의 삶은 힘들고 어렵기 마련이고 다른 사람에게 상처 주고 상처받고 또 위로하고 위로받으며 치고받고 부대끼며 살아간다.

우리가 행복의 비밀을 알고도 행복할 수 없었던 이유는 그것을 나의 삶에서 찾으려 하지 않았기 때문이다. 그러나 행복은 구질구질한 현실과 일상에서 벗어나 나를 가슴 설레고 재미있게 해주는 것이 아니라, 내 구질구질한 현실과 일상을 가슴 설레고 재미있게 해주는 것이다.

이제 행복해지기 위해 내가 어떻게 해야 할지 궁금해지셨다면, 책장을 넘기면 된다.

1장

미국식 행복과
한국식 행복의 차이

사람들은 행복해지는 법을
못 배웠다고 말한다

많은 이들이 살면서 목표를 잃고 방황한다. 남들이 정해준 목표를 따른 이들만 그런 것이 아니다. 자신의 목표를 갖고 있던 이들도 마찬가지다. 목표를 달성하고 나면 곧 허탈함이 찾아온다. 일시적인 목표는 우리의 긴 삶에서 일시적인 행복만을 보장할 따름이다. 따라서 장기적인 행복을 위해서는 내가 살아야 하는 이유를 찾는 것이 최우선이다.

사람들은 행복해지는 법을 못 배웠다고 말한다. 태어날 때부터 내몰리는 무한경쟁 속에서 남이 정해준 목표를 향해 내달릴 줄만 알았지, 정작 행복해지는 방법을 가르쳐준 이는 없다는 것이다.

사람들은 행복을 찾을 수 없게 만드는 교육을, 사회를 비판한다. 그러면서 경쟁에 내몰려 꿈을 생각할 기회조차 없는 아이들이 불쌍하다고 말한다. 한국 학생들은 학교에서 똑같은 틀에 끼워져 교육받으면서, 자기 자신을 시험하고 발견할 기회를 얻지 못한다. 자기가 뭘 좋아하고 어디에 관심을 갖고 있는지 모른다. 그래서 불행하다.

옳은 말이다. 그렇다면 교육을 바꾸고, 학교를 바꾸려고 노력하면 된다. 학생들이 행복한 학교를 만들기 위한 여러 가지의 노력이 지금도 이루어지고 있다. 당장 행복할 수 없다면 행복할 수 있는 길을 찾는 것은 바람직한 일이다.

그러나 삶의 의미는 누구도 가르쳐줄 수 없다. 각자의 삶이기 때문이다.

학교에서는 규격화된 삶을 살 수 있는 방법에 대해 가르쳐준다. 어른들은, 부모들은, 선생들은 자신이 옳다고 믿는 것들을 후속 세대들에게 가르칠 수밖에 없다. 자신이 살면서 깨달은 것들 말이다. 좋은 대학에 가라, 대기업에 들어가라, 돈을 많이 벌어라, 노력하면 얻을 수 있다, 그래야 행복해진다….

자신이 알아낸 지식을 후대로 전수하지 않는 집단은 멸망할 수밖에 없다. 그래서 어른들은 전할 수밖에 없다. 그러나 청년들에게 어른들의 가르침은 버겁다. 학생들은 제각각이고 세상은 옛날과 같지 않은데 어른들은 기본적으로 자신들이 옳다고 생각하는 것을 가르치려 하기 때문이다. 여기서 학교의 딜레마가 발생한다.

학교에서 자신의 행복을 찾기는 원천적으로 어려운 일이다. 학교는 원래 행복을 가르치도록 설계된 기관이 아니기 때문이다. 따라서 내가 행복하지 못한 이유를 학교에서 가르쳐주지 않았기 때문이라고 생각하는 자세에는 문제가 있다.

인생은 자신의 것이다. 내가 살아갈 이유를 찾아야 하는 이는 자신이란 얘기다. '배우지 못했기 때문에 할 수 없어'라는 생각은 자신의 인생을 대하는 바람직한 태도라고 할 수 없다.

언제까지 모를 것인가. 학교에서 안 가르쳐주면 영원히 모를 수밖에 없는가. 지식과 배움이 있는 곳은 학교만이 아니다. 알고 싶은 마음이 있으면 어떻게든 알게 되어 있다. 나에 대해 모르고 행복해지는 법을 모른다면 배우면 된다. 행복해지고 싶은 마음이 있다면 말이다. 행복해지는 방법은 널리고 널렸다. 왜 배우지 않고 못 배웠기 때문에 불행하다고, 행복할 수 없다고만 할까.

"획일적 교육이 개성을 죽인다."

"주입식 교육이 창의성을 말살한다."

한국 교육을 이야기할 때 늘 나오는 이야기들이다. 과연 그럴까.

한국은 미국 경제지 〈블룸버그〉가 선정한 혁신 국가 1위다. 영화, 드라마, K-pop 등 개성이 넘치고 창의적인 한류 콘텐츠들이 세계를 휩쓴다.

학교에서 개성과 창의성이 다 말살된 한국 사람들에게 이러한 결과물들은 어떻게 나올 수 있는 걸까? 그뿐이 아니다. 정치, 경제, 사회문화의 현안에 대해 포털 사이트나 일개 커뮤니티에 올라오는 의견들만 훑어보아도 놀라운 분석과 아이디어들이 넘쳐난다. 그분들은 다 해외 유학파들인 걸까?

한국 교육이 창의성을 죽인다는 근거로 제시되는 현상이 있다. 대여섯 살 때는 반짝반짝 새로운 생각도 잘하고 이것저것 관심도 많던 아이들이 초등학교 5, 6학년만 되면 시들시들 해진다는 것이다. 많이들 이렇게 알고 있는데 이는 어린이 두뇌 발달 과정을 몰라서 하는 말이다.

영유아기 때 아이의 뇌는 눈부시게 발달하다가 10~11세 무렵부터는 정착기에 들어간다. 새로운 것을 탐색하고 지식을 구축하는 뉴런들의 가지치기가 마무리되고 이제는 선택과 집중을 위한 뇌로 탈바꿈하는 것이다. 초등학교 5, 6학년 아이들의 갑작스러운 변화는 한국 교육의 문제보다는 이런 이유에서가 크다.

적지 않은 부모들이 착각하는 것이 내 아이는 천재 혹은 영재일 거라는 생각이다. 처음으로 세상을 배워가는 아이들의 생각은 부모를 깜짝 놀라게 할 만큼 창의적이다. 이는 아이들이 어른들과는 전혀 다른 방식으로 생각하기 때문인데, 그 이유는 아이들이 아는 게 없어서 그렇다. 아는 게 없기 때문에 자신이 이제까지 받아들인 내용으로 세상을 이해하면서 부모들을 깜짝 놀라게 하는 표현을 하는 것이다. 나이를 먹고 아는 것들이 많아지면서 이러한 '유사-창의성'은 급격히 사라진다.

하지만 실망할 필요 없다. 가슴에 손을 얹고 생각해보자. 부모부터가 천재가 아니었는데 우리 애가 갑자기 천재일 리 없지 않은가. 당신의 아이가 천재였는데 갑자기 그저 그런 아이가 돼버렸다면 교육이 애를 망쳤을 가능성보다 연령 효과일 가능성이 더 크다.

또 사람들이 간과하는 것이 하나 더 있는데 창의성도 훈련에서 나온다는 사실이다. 태어날 때부터 천재인 극소수의 사람을 제외하면, 새로운 것을 만들어내는 능력은 많은 지식과 부단한 훈련에 의해 발현된다.

한국이 현대 사회에서 빠른 속도로 두각을 드러낼 수 있었던 이유는 주입식 교육에 있다. 다수의 학생이 빠른 속도로 일정 수준을 갖게 된 것이다. 창의성은 그다음 일이다. 기본이 없는 상태에서 아무거나 만들어낸다고 해서 창의적이라고 하지는 않는다는 얘기다.

한국 교육의 모습은 한국의 현실에서 비롯되었다. 한국이라는 나라가 현대 사회에 적응하기 위해 노력해온 결과가 현재의 교육 현실이다. 부족한 점, 잘못된 점도 많겠지만 한국 교육이 이제껏 수행해온 역할을 무시할 수는 없다.

　내가 배운 것들로 더 나은 삶을 살아가기가 힘들다면 새로운 것을 배우면 된다. 행복은 완전함에서 오는 것이 아니라 부족한 것을 채워가는 것에서 오는 것 아니었던가. 우리는 행복해질 수 있는 많은 조건을 갖고 있고, 만약 없다면 현재를 바꿀 수 있는 의지와 능력을 갖고 있다. 그러면 사실상 행복해질 일만 남은 게 아닐까.

　잊지 말아야 할 것이 하나 있다. 가만히 있어서 달라지는 상황은 없고, 아무것도 하지 않고 찾아오는 행복은 없다는 사실이다.

일주일 넘게 행복하다면
병원에 가야 한다

최근에 행복했던 기억을 하나 떠올려 보시라. 언제였던가?

나는 작년 말 첫눈이 내릴 때 아이들과 밖에 나가 이글루를 만들었던 때가 떠오른다. 이 글을 쓰는 지금 시점에서 한 달쯤 전이다. 그날은 좀처럼 보기 힘든, 뽀득뽀득하고 잘 뭉쳐지는 눈이 내렸다. 아이들은 강아지처럼 뛰어다니며 아빠한테 눈덩이를 던졌고 한참을 깔깔거리던 우리는 눈으로 이글루를 만들기로 했다. 보통은 눈사람 하나 만들고 끝나기 마련인데 이것이 우리 집의 스케일이다. 어쨌든 한 시간 이상 헉헉거리며 눈을 모으고 눈 벽돌을 만들어 쌓아 올렸던 그날의 기억이 최근에 가장 행복했던 기억이다.

그렇다면 이글루를 만든 이후 나의 한 달은 행복하지 않았던가?

그날의 흥분은 다음 날 등교하는 학생들이 우리가 만든 이글루를 박살 내버린 것을 보았을 때 차게 식었다. 청소년들이란⋯. 당장 다음 날부터 계절학기 강의를 나가고, 학생들의 리포트를 채점하고, 재미없는 논문들을 왕창 읽고, 딱히 즐거운 기분이 들 일 없는 날들이 지금까지 계속되고 있다.

행복은 긍정적 정서로 규정된다. 그럼 행복이란 긍정적 정서를 항상 경험하는 상태일까? 행복에 대해 모두가 간과하고 있는 점은 행복한 기분이 별로 오래 가지 않는다는 사실이다. 우리가 행복이라고 인지하는 기쁨, 환희, 설렘 등의 긍정적 정서는 생리적 흥분을 동반한다. 즉, 심장이 빠르게 뛰고 혈류량이 증가하며 호흡이 가빠지고 소화가 어려워진다. 교감신경계가 흥분한 상태다.

인간의 몸은 이러한 상태를 오래 견디기 힘들다. 어떠한 행복한 이유에서든 몇 년 동안 가슴이 거세게 뛴다고 생각해보라. 이건 심장병이다. 매사가 즐겁고 에너지가 넘치며 무엇이든 할 수 있을 것 같은 기분이 일주일 이상 지속된다? 양극성장애의 조증 삽화가 아닌지 의심해봐야 한다.

일주일 이상 행복한 기분이 지속되는 것은 사실상 있을 수 없다는 말이다. 우리의 몸은 항상 일정한 상태를 유지하게

끔 생물학적으로 프로그램되어 있기 때문이다. 이를 항상성 (homeostasis)이라고 한다.

항상성이란 생명체가 여러 가지 환경 변화나 스트레스에 대응하여 내부를 일정하게 유지하려는 조절 과정 또는 그 상태를 의미한다. 항상성에서 'homeo'의 의미는 'same(동일한, 똑같은)'이고, 'stasis'의 의미는 'standing(유지하다)'으로 '동일하게 유지하다'라는 뜻이다.

항상성 유지는 인간의 뇌 중 뇌간이라는 구역에서 담당하고 있으며, 자율신경계와 여러 가지 호르몬의 복잡한 작용이 이를 통제한다. 이러한 작용의 예로 체온 조절, 삼투압 조절, 혈당량 조절 등을 들 수 있는데, 생명체가 생명을 원활하게 기능하기 위해서는 체온, pH, 삼투압 등 생화학 성분을 포함해 다른 체내 환경이 항상 어떤 범위 안에서 유지되는 것이 필요하다. 이를 조절하는 과정이 '항상성 유지'인 것이다.

지나치게 오래 지속되는 긍정적 정서는 신경계에 무리를 일으키고 인간의 뇌는 신경계의 흥분을 누그러뜨려 항상성을 유지하는 과정에서 행복한 감정들은 점차 사그라들게 된다.

행복 연구자 소냐 류보머스키는 이를 '쾌락 적응'이란 말로 설명하고 있다. 쾌락 적응이란 행복에 익숙해지고 결국에는 무감각해지는 과정을 일컫는 말이다. 아무리 좋은 일이 있어도 마찬가지다. 필립 브릭먼의 연구에 따르면 복권에 당첨된 사람들도 원래의 행복 수준으로 돌아가는 데까지는 채 한 달이 걸리지 않았다.

사람들은 빠르게 상황에 적응하고 즐거움의 강도는 점점 줄어든다. 경제학에서는 이를 '한계 효용 체감의 법칙'이라고 한다. 따라서 우리가 행복한 기분을 늘 언제나 지속적으로 느낄 가능성은 애초부터 별로 없다. 이것은 행복을 추구하는 사람이라면 누구나 알고 있어야 하는 사실이다.

그러니 가슴 설레고 환희에 넘치는 나날이 계속되지 않는다고 지금 불행하다고 생각하는 것은 문제가 있다. 오히려 일주일 이상 가슴이 뛰고 힘이 넘친다면 당장 병원에 가야 할 일이다. 그런 상태가 지속되는 것은 매우 부자연스러운 일로써 당신의 건강에 심각한 문제가 있다는 신호이기 때문이다.

행복의 지속 시간이 짧다는 것에 대해 실망을 느끼는 분도 계실지 모르겠다. 그러나 이는 실망하고 말고 할 일이 아니다. 인간의 몸이 그렇게 만들어졌을 뿐이다. 그리고 항상성은 우리에게 불행한 일이 생겼을 때도 똑같이 적용된다.

아무리 슬프고 불행한 일이 생겨도 시간이 지나면 당시의 부정적 감정은 옅어진다. 그래야 우리의 몸이 살아갈 수 있으니 말이다. 중요한 시험에서의 낙방, 연인과의 결별, 취업 실패 등 인생이 끝장났다고 여겨질 만큼의 심각한 고민도 시간이 지남에 따라 차츰 사그라진다. 사고로 반신불수가 된 사람들도 1년

이면 사고 이전의 행복 수준을 회복한다는 연구도 있다.

불행한 사건을 경험한 뒤 부정적인 감정이 1년 이상 계속되는 것을 외상 후 스트레스 장애(PTSD, Post Traumatic Stress Disorder)라고 한다. 긍정적 정서든 부정적 정서든 일정 시간 이상 지속된다는 것은 치료를 요하는 상태인 것이다.

우리가 행복하지 않다고 느끼는 이유는 행복이라는 상태를 어떻게 설정해놓았느냐와 밀접한 관계가 있다. 행복을 영원히 지속되어야 할 긍정적 정서라고 알고 있는 사람이 평소에 '나는 행복하다'고 지각할 가능성은 극히 낮다.

◯ 삶은 오래 지속된다

대부분 옛날이야기는 "그래서 행복하게 오래오래 살았습니다"로 끝난다. 하지만 산다는 것은 그렇게 간단한 일이 아니다. 로미오와 줄리엣이 최고의 사랑 이야기일 수 있는 이유는 그들의 사랑이 끝내 이루어지지 않았기 때문이다. 만약 그들이 죽지 않았다면 로미오와 줄리엣은 언제까지 행복했을까?

삶은 생각보다 길다. 기대수명이 80세를 넘었고 100세 시대가 눈앞이라는 사실을 굳이 들먹거리지 않아도 인생은 짧지 않다. 그 긴 인생이 매일매일 행복할 수 있을까?

이 자명한 사실을 평소에 깨닫기 힘든 것은 우리의 관심이 현재에 한정되어 있기 때문이다. 우리는 우선, 우리가 살아가야

26

할 날이 아주 많으며 그 모든 날이 행복할 수는 없다는 사실을 받아들여야 한다.

더 중요한 사실은 따로 있다. 인생은 이벤트 위주로 흘러가지 않는다는 것이다. 잠시 눈을 감고 과거에 경험했던 행복한 날들을 떠올려보라. 대학에 합격하던 날, 결혼식, 아이가 태어나던 날, 첫 출근하던 날 등이 떠오를 것이다. 우리가 상상하는 행복한 장면은 거의 항상 어떤 즐거운 사건과 연관되어 있다.

그러나 입학, 졸업, 취업, 결혼, 출산, 승진… 따위의 이벤트는 대개 인생의 초반에 한정되어 있다. 따라서 그러한 사건들이 한차례 마무리되는 30대 후반에서 40대 초반에 이르면 삶이 급격히 지루해지면서 말초적 자극을 추구하는 중년의 위기로 이어지기도 한다.

연령별 행복이 30~40대에서 최저점을 찍는 것은 그때가 인생에 있어 가장 바쁘고 힘든 시기 때문이기도 하지만, 그즈음부터는 인생이 특별한 사건 없이 현상 유지가 관건인 국면으로 접어들기 때문이다.

그렇다. 우리가 살아가야 할 날들의 대부분은 별다른 일 없이 흘러가는 비슷비슷한 나날이다. 아침에 일어나서 출근하고 일하다가 퇴근하고 저녁 먹고 집안일하고 아이들 숙제 봐주고 TV 좀 보다 보면 잠자리에 들어야 하는 그런 날들 말이다.

만약 행복을 어떤 사건에서 경험하는 긍정적 정서로 규정한다면 우리 인생에는 그럴 만한 사건이 자주 일어나지 않는다는 것을 깨달아야 한다. "그래서 오래오래 행복하게 살았습니다" 같은 동화 속 결말은 사실상 기대하기 힘들다는 것이다.

2007년에 개봉한 〈슈렉 3〉에서는 이러한 동화적 결말의 실상을 확인할 수 있다. 전작들에서 이미 아름답기만 한 동화의 스토리라인을 비틀며 신선한 충격을 안겨준 슈렉의 세 번째 시리즈는, 행복하기만 할 줄 알았던 슈렉과 피오나의 결혼생활이 사실상 육아와 살림, 신경 써야 할 온갖 잡스러운 일들로 점철되어 있는 현실을 보여준다.

그런 나날 중에 우리가 해야 하는 일들은 거의 긍정적 정서와는 거리가 멀다. 씻고 정리하고 밥 차려 먹고 설거지하고 청소하고 빨래하는, 삶을 유지하기 위해 꼭 해야 하는 일들과 지하철에서 시달리고 사람 만나고 업무를 보고 억지로 웃고 야근하는, 먹고살기 위해 하지 않을 수 없는 일들을 매일매일 즐겁게 웃으며 할 수 있는 사람이 있을까.

해봤자 표도 안 나는, 말할 수 없이 지루하고 때로는 매우 고통스러운 감정을 불러일으키는 이런 종류의 일들에서 행복을 느끼기는 보통 어려운 것이 아니다. 사랑하는 이를 위한 요리와 청소, 사랑하는 가족을 위한 노동도 하루 이틀이지 행복한 정서는 일주일을 넘기기 힘들다는 것은 앞서 확인한 바 있다.

따라서 인생의 본질은 삶을 유지하는 것에 있다. 사람들은

자연 재해나 전쟁, 불행한 사고가 있지 않는 담에야 인간에게
부여된 기대수명만큼 삶을 살아가야 하는 존재인 것이다. 이제
문제는 이러한 인생을 어떻게 즐겁고 행복하게 살아가느냐에
있다.

예로부터 사람들은 긴 인생을 지속하고 삶을 유지하기 위
해 다양한 시도를 해왔다. 더 이상 입학도 졸업도 취업도 하지
않는 인생에서 자녀의 입학, 졸업, 취업은 중요한 삶의 활력소
가 된다. 일상에서 잠시 벗어나는 여행도 삶에서 즐거움을 찾
는 좋은 방법이다.

역사적, 문화적으로는 축제나 명절 등이 이러한 기능을 해
왔다. 대부분 사회에서 축제와 명절은 전통적인 생활주기를 구
분해주는 이정표였으며 길고 지루한 삶에 활기를 불어넣어 주
는 계기였던 것이다.

그러나 생활주기가 과거와는 달라진 현대사회에서 명절은
더 이상 우리 삶에 긍정적인 감정을 불러일으키지 못한다. 많은
사람이 명절이란 불필요한 의무와 원치 않는 간섭이 오가는 짜
증 나는 관습일 뿐이라고 생각하며 차츰 명절을 생략하고 있다.

여행도 마찬가지다. 여행이 설레고 행복한 이유는 길고 지
루한 일상이 있기 때문이지, 매일같이 세상을 떠돌아야 한다면
더 이상 행복이 아닌 고통으로 다가올 것이다.

자녀나 가족의 중요한 이벤트 역시 내 삶에 직접적인 행복

을 가져다주는 원천이 되기는 힘들다. 자녀와 가족의 행복이나 자신의 행복이라고 여기며 살아갈 수는 있겠지만 가족이 그것을 몰라주거나 자녀가 더 이상 부모의 도움을 필요로 하지 않게 되면 그러한 삶은 곧 허무와 상실에 빠지게 된다.

결국 우리가 알아야 할 것은 지루하고 반복적인 일상에서 즐거움과 행복을 경험하는 방법이다. 인생에 주기적으로 찾아오는 이벤트에서 수동적으로 얻어지는 긍정적 정서만으로는 사는 것이 행복하다는 느낌을 충분히 받을 수 없기 때문이다.

'해피니스'와 '행복'의 차이

"한국인들은 불행하다."

이 말은 언젠가부터 반박할 수 없는 명제처럼 통용되고 있다. 대부분의 행복 연구에서 일관적으로 낮게 보고되는 한국인들의 행복도를 보면서 우리가 사실 행복하다고 생각하는 것도 무리가 있다. 연구 결과가 그렇다는데 안 믿을 수 있겠는가.

그런데 말이다, 내가 불행하다는 생각을 가지고 주변을 살펴보면 불행할 일밖에 없다. 어떤 이론이나 도식을 가진 사람은 자신의 도식에 맞는 정보만을 받아들인다. 자기실현적 예언이 현실화되는 것이다. 그러나 우리가 진짜 불행하다고 결론짓기는 아직 이르다. 우선 한국인의 행복도가 낮다는 결과가 어떻게 나왔는지 살펴볼 필요가 있다.

행복이란 무엇일까? 행복은 '다행 행(幸)'에 '복 복(福)' 자로 이루어져 있지만, 한국을 비롯한 동아시아 한자문화권에 원래부터 있던 말은 아니다. 1800년대 후반 일본에서 영미권 단어인 'Happiness(행복)'를 번역하는 과정에서 만들어낸 표현이라는 설이 유력하다.

'Happiness'가 '행복'이라는 한자로 바뀌면서 행복에는 한자문화권의 문화적 의미가 덧붙는다. 문자 그대로 행복이란 우연히 찾아오는 좋은 일(행幸)과 살면서 누릴 수 있는 좋은 일들(복福)을 뜻한다.

우연히 찾아오는 행운이란 길을 걷다가 만 원짜리를 줍는다던가, 소개팅을 나갔는데 이상형을 만나는 따위의 일들이다. 또 복은 주로 오복(五福)을 뜻하는데, 즉 복이 많다는 말은 오래 살고(수壽), 명예를 얻고(귀貴), 돈을 많이 벌고(부富), 몸이 건강하고 마음이 평안하며(강녕康寧), 자손이 많아야 한다(자손중다子孫衆多)는 뜻이다.

즉, 행복해지기 위해서는 매사에 좋은 일이 끊이지 않고, 부귀영화를 누리며, 건강하고 마음 편하게 오래오래 살아야 한다는 조건이 고루 충족되어야 한다는 얘긴데 누구나 이런 삶을 살기 바라지만 현실적으로 그러기는 불가능하다.

또 한국 문화에서의 행복은 나 개인만의 것이 아니다. 심리학에서는 세계의 문화를 크게 미국이나 서유럽과 같은 '개인주의 문화권'과 동양의 '집단주의 문화권'으로 구분한다. 물론 한국은 집단주의 문화권으로 분류된다. 이러한 집단주의 문화에서 개인의 위치는 타인의 존재에 의해 규정되는 경향이 있다. 행복도 마찬가지다.

나의 행복이 내 현재 상태에 의해 판단되는 개인주의 문화권에서는, 내가 밤에 잘 자고 아침에 상쾌하게 일어나서 기분이 좋으면 누구든지 'I'm happy!'라고 말한다.

하지만 우리는 그렇지 않다. 잘 자고 일어나 상쾌하게 하루를 준비하다가도 '아버지의 어려운 회사 사정'이나 '어머니의 건강', '군대 간 남동생'이라도 떠오르면, 짧은 순간 느꼈던 행복마저 미안해지지 않을 수 없는 것이다.

마지막으로 한국 문화에서 행복은 어떤 일시적인 상태를 뜻하는 말이 아니다. '오르막이 있으면 내리막이 있다'나 '쥐구멍에도 볕 들 날 있다' 등의 속담에서 나타나듯이 한국인들은 일시적인 상태로 개인의 행복을 평가하지 않는다. 이렇듯 우리가 쓰는 '행복'이라는 말은 'Happiness'와 그 쓰임과 느낌이 전혀 다르다.

이러한 행복의 주관성은 '행복한 상태'에 대한 객관적인 비교와 판단을 어렵게 만든다. 하버드대학교 심리학과 교수 대니얼 길버트는 "누구의 행복이 더 크고 작다는 판단은 원천적으로 불가능하다"고 주장한다. 태어날 때부터 신체 일부가 붙어 태어난 샴쌍둥이들은 자신들이 아주 행복하다고 말한다. 그러나 그들이 말하는 10점 만점에 8만큼의 행복이 우리의 8과 같은지는 영원히 밝힐 수 없는 문제다.

유발 하라리는 그의 책《호모 데우스》에서 "우리는 행복에 대한 과학적 정의나 이를 정확히 측정할 수 있는 척도를 갖고 있지 않다. 의식의 신비를 풀지 못하는 한 우리는 행복과 고통의 보편적 척도를 개발할 수 없고 서로 다른 종은 고사하고 서로 다른 개인들의 행복과 고통을 비교하는 방법도 알 수 없다"라고 단언한다.

그러나 그렇다고 해서 행복에 대한 연구를 하지 않을 수는 없기에(?) 학자들은 저마다 느끼는 지점이 다른 행복을 측정하기 위해 SWB(Subjective Well-Being, 주관적 안녕감)를 개발했다(주관적 안녕감이란 일종의 행복 지수이다). SWB는 삶에 대한 만족도를 묻는 다섯 문항과 일상생활에서 경험하는 정서를 묻는 스무 문항으로 만들어져 있는데, 문제가 되는 건 정서에 대한 부분이다.

SWB의 정서 문항은 '흥미진진한', '감명받은', '집중하는' 등의 긍정적 정서 열 문항과 '짜증 난', '화난', '불안한' 등의 부정적 정서 열 문항으로 측정되며, 긍정적 정서 문항 점수의 합계에서 부정적 정서 점수를 뺀 것을 사용한다. 이를 삶의 만족도 점수와 더한 것이 주관적 안녕감 점수다. 이를 수식으로 표현하면 다음과 같다.

주관적 안녕감=(긍정적 정서 점수-부정적 정서 점수)+삶의 만족도

이렇게 연구를 위해 어떤 개념을 정의하는 것을 조작적 정의라고 한다. 주의해야 할 점은 조작적 정의는 실제 개념과는 다르다는 것이다.

정서를 어떻게 느끼느냐는 행복 측정에 지대한 영향을 미친다. 그도 그럴 것이 이 정의에 따르면 긍정적 정서를 많이 느낄수록 행복하다는 의미이니 말이다. 만약 문화적으로 긍정적 정서를 덜 표현한다든지(덜 표현한다는 것이 덜 경험한다는 것은 아니다), 긍정적 정서를 부정적 정서와 덜 구분한다든지 하면 그런 문화에 사는 사람들은 자연히 덜 행복한 게 될 것이다.

이를테면 개인주의 문화권에 사는 사람들은 집단주의 문화권에 사는 사람들에 비해 정서 표현이 크고 긍정적 정서에 민감하다. 개인주의 문화란 행동의 준거(기준)가 자기 자신에게 있다는 의미이며, 개인은 다른 이들과 구분되는 독립적 존재로서 행동하고 또 그러는 것이 당연하다고 여겨진다. 따라서 개인주의 문화권에 사는 사람들의 행동은 개인적 관심사에 초점이 맞춰져 있고, 정서도 이와 관련해서 만족감이나 성취감 같은 정서를 경험하기 쉽다.

반면 집단주의 문화권에 사는 사람들은 긍정적이든 부정적이든 정서 표현을 억제하는 경향이 있고, 수치심 등의 부정적 정서에 민감하다. 또 '아픈 만큼 성숙한다'처럼 부정적 정서를 꼭 나쁘다고만 생각하지 않는 경향이 있으며, 따라서 '새옹지마'나 '화무십일홍'과 같은 고사성어에서 알 수 있듯 행복이란 오랜 시간을 두고 평가하는 것이라는 인식이 강하다.

또 정서를 경험하는 방식에 있어서 어떤 문화권에서는 긍정적 정서와 부정적 정서는 명확하게 구분되지 않는다. 한국인들은 상대에 대한 좋은 감정과 나쁜 감정이 혼재된 '애증(愛憎)'이나 '미운 정 고운 정', 눈물과 환희가 공존하는 '한과 신명' 등 어떠한 감정을 경험함에 있어서 긍정과 부정을 명확하게 구분짓지 않는다. 지겹고 짜증 나는 사람일지라도 막상 가버리고 없으면 섭섭한 감정을 표현하는 '시원섭섭하다'라는 말이 그 단적인 예다.

이처럼 양가적 감정 표현에 익숙한 한국인들에게 긍정적 정서와 부정적 정서를 명확하게 구분하고 응답을 한다는 것은 쉽지 않거나 혹은 척도에서 유도하는 방식의 응답 이상을 하기가 어렵다. '재미있는-지루한', '즐거운-비참한', '가치 있는-쓸모없는' 등의 형용사 사이의 적당한 지점을 선택하는 일은 우리의 정서 경험 방식과 거리가 있기 때문이다.

문제는 이러한 문화적 차이 때문에 항상 개인주의 문화의 행복도가 집단주의 문화보다 높게 나타난다는 점이다. 이런 결과는 개인주의가 집단주의보다 우월하다는 증거가 아니라 정서 경험 방식의 차이 때문이다. 적지 않은 행복 연구자들이 한국인들이 불행한 이유를 집단주의에서 찾는데, 그렇다면 우리가 행복해질 수 있는 방법은 개인주의 문화가 되는 것밖에 없을 것이다.

그러나 개인주의 문화라고 해서 행복을 보장하는 것은 아니다. 그들은 좀 더 '행복해 보일 뿐'이다. 개인주의 문화에서는 개인이 독립적인 주체로 행동하기를 기대하기 때문에 개인은 늘 독립적으로 잘 기능해야 한다는 압력이 주어진다. 개인주의 문화권 사람들(특히 미국인)이 'fine', 'good', 'couldn't be better' 등 긍정적 정서 표현에 민감한 것은 그 때문이다. 개인주의 문화에서 독립적으로 기능하지 못하는 이들은 패배자(loser)라 불리며 사람들은 그렇게 될까 봐 불안에 시달린다.

이는 집단주의 문화권에 사는 사람들이 집단의 기준에 맞춰야 한다는 압력을 느끼고 집단과 조화를 이루지 못하면 '튀는 사람' 취급받는 것과 정확히 대응하는 현상이다. 대신 집단은 구성원들의 생존을 도우며 사회적 지지를 제공한다. 결국 문화의 장단점이 있다는 얘기다.

나는 우리가 알고 봤더니 행복하더라는 말을 하려는 것은 아니다. 다만 우리가 불행하다고 제시되는 증거들이 이런 식으로 만들어진다는 말을 하고 싶었을 뿐이다. 우리는 과연 불행한 게 맞는가?

트라우마틱 현대사

1970년대 중반에 태어난 나는 양가의 어른들께 6·25 이야기를 참 많이도 들으며 자랐다. 끝이 없는 피난길, 일곱 살 먹은 사내아이는 등에 제 키만 한 짐을 지고 한 손에는 동생의 손을 잡고 앞서가는 부모를 놓칠까 종종 걸음을 쳤다. 쌕쌕이(미공군 제트기)라도 뜨면 온 식구가 길에서 벗어나 논바닥에라도 뛰어들어야 했다. 피난민들의 지게뿔을 공산군의 총으로 오인한 쌕쌕이가 피난민 대열에 기총 소사(비행기에서 목표물을 비로 쓸어 내듯 기관총으로 쏘는 일)를 하는 일이 잦았던 것이다. 한 번 쌕쌕이가 지나가고 나면 피투성이가 된 시체들이 길가에 즐비했고, 일어나지 않는 어미의 품에 파고드는 아이의 울음소리가 귀를 후벼팠다. 인민 재판을 피해 도망치던 가족은 추수 후 논 가운데 쌓아 놓은 짚가리 속에 숨는다. 인민군의 발소리가 다가오자 어머니는 칭얼거리는 갓난쟁이의 입을 틀어막았다. 아기가 숨 막혀 죽을 수도 있지만 가족이 살아남는 것이 더 중요했다.

이것은 멀리 갈 것도 없는 내 부모의 이야기다. 이런 이야기를 들은 날이면 나는 피와 비명소리가 낭자한, 시체가 널린 거리의 꿈을 꾸었다. 밤새 마루 밑에 숨어 나를 잡으러 온 군인들이 돌아가기를 기다리며 불안에 떨기도 했다. 내 부모와 내 부모의 부모가 느꼈을 공포는 전쟁이 끝난 지 20여 년 뒤에 태어난 그들의 손자에게까지 생생하게 전달되었다.

한국의 현대사는 트라우마로 가득하다. 트라우마란 재해나 재난, 참사 등으로 인한 커다란 정신적 충격을 뜻한다. 트라우마는 사람들에게 외상 후 스트레스 장애를 남긴다. 당시의 기억이 계속해서 떠올라 불안과 공포에 시달리며 우울과 무기력, 죄책감을 경험한다.

상처는 기억을 남기고 기억은 후대로 이어진다. 최근의 연구들에 따르면 트라우마는 유전된다. 마크 월린의 저서 《트라우마는 어떻게 유전되는가》에는 홀로코스트에서 가족을 모두 잃은 여성의 사례가 나온다. 그 여성의 손녀는 할머니가 느꼈을 강한 상실감과 외로움, 고립감, 자신만 살아남았다는 죄책감을 그대로 경험하였다. 뉴욕 시나이산 의대 레이첼 예후다 교수는 외상 후 스트레스 장애가 있는 부모의 자녀는 부모와 유사한 정도로 코르티솔 수치가 낮다는 것을 밝혀냈다. 낮은 코르티솔 수치는 사람들을 스트레스에 취약하게 만든다.

세포생물학자 부르스 립턴은 어머니의 감정이 자녀의 유전자 발현을 생화학적으로 바꾼다는 것을 입증했다. 스트레스 호르몬은 태아의 내장 혈관을 수축시키고 말초로 더 많은 혈액이 몰리게 함으로써 태아가 투쟁·도피 반응을 준비하게 한다.

트라우마는 적어도 3대에 걸쳐 영향을 미친다. 외할머니가 어머니를 임신한 지 5개월째가 되면 태아인 어머니의 난소에 훗날 내가 될 난자의 전구세포(precursor cell)가 발생한다. 역시 내가 될 아버지 정자의 전구세포 역시 아버지가 할머니의 자궁 안에 태아로 있을 때부터 존재한다. 이는 트라우마의 기억이 최소 3대에 걸쳐 영향을 미친다는 것을 의미한다. 세대에서 세대로 이어진다는 융의 집단 무의식은 이러한 생물학적 메커니즘의 결과일 수도 있다.

일제 강점기 36년, 6·25로부터 시작하여 지금껏 이어지고 있는 분단, 30년 가까이 이어진 군사 독재와 사회 각 분야에 남아 있는 그 후유증. 한국인들은 폐허에서 나라를 일으켜 세우고 민주주의를 이루어 냈지만 역사가 우리에게 남긴 상흔은 현재 진행형이다.

잘살아 보자는 희망이 가득했던 개발 시대조차도 억울한

죽음은 넘쳐났다. 한강의 기적으로 불리는 한국의 경제 성장은 우리 아버지, 어머니들의 피땀 위에 가능할 수 있었다. 밤낮도, 주말도 없이 공장에서 일하던 이들은 팔다리가 잘려나가도 하소연할 데가 없었으며 돈 벌러 남의 전쟁에 끌려간 청년들은 맨손으로 독한 고엽제를 퍼 날랐다.

급격한 경제 성장의 부작용은 잊을 만하면 터지는 참사로 돌아왔다. 백화점이 무너지고 다리가 끊어지고 지하철에 불이 나고 배가 가라앉았다. 영화《괴물》이 묘사했듯이 한국인들에게 수백 명의 영정이 모셔진 합동분향소는 낯설지 않은 모습이다.

1990년대 후반, 닥쳐온 경제위기로 수많은 가장이 직장을 잃었고 결코 적지 않은 가정이 가장을 잃었다. 가장의 빈자리를 메우기 위해 엄마들과 자녀들이 거리로 나섰지만 일자리의 질은 급격히 나빠졌다. 이후 거시적인 지표는 나아졌지만 개개인의 삶은 오히려 악화된 것이 지금의 현실이다.

우리 주변에는 일제 강점기, 전쟁, 군사 독재 시절을 거치며 가족 몇 명 잃지 않은 이들이 없고, 공장에서 손발을 잃거나 월남전에서 병을 얻어 돌아온 이들, IMF 때 집안이 풍비박산 나서 가족이 뿔뿔이 흩어진 이야기들이 끊임없이 들려온다. 내 가족 중에 일어난 일만 해도, 할아버지는 일제 강점기 때 징용을 끌려가셨고 외할아버지는 6·25 때 인민재판을 겪으셨으며, 이모부는 고엽제 후유증으로 돌아가셨고 장인어른은 IMF 때

직장을 잃으셨다.

2019년을 살아가는 한국인들의 마음에는, 우리가 직접 겪은 것들을 포함하여 우리들의 할아버지, 할머니, 아버지, 어머니가 겪어왔던 현대사의 트라우마들이 차곡차곡 쌓여 있는 것이다. 한국의 현대사에서 한국인들은, 내일 어떤 일이 일어날지 모를 불안 속에서 남편을 잃은 아내들의 절규를 듣고 자식을 잃은 아버지의 속 썩는 냄새를 맡으며 살아남은 자의 외로움과 죄책감을 안고 살아왔다. 이렇게 살아온 이들이 희망과 기쁨에 가득 차 하루하루가 즐겁다면 그 역시 이상한 일이 아닐까.

세대에서 세대로 전해진 불안과 초조는 경쟁적이고 참을성 없는 사회 분위기에 영향을 미쳤고, 다른 이들이 나를 해할지 모른다는 인지적 편향과 나만 잘되면 된다는 자기중심적 사고로 이어졌다. 편 가르기 및 혐오와 같은 적대적 갈등 해결 방식은 한국전쟁 이후 70년 간 계속되었던 분열과 대립의 산물이다.

한국인들이 스트레스에 취약하고 우울과 불안에 빠지기 쉬우며 행복을 느끼기 어렵다면 그 이유는 여기서부터 찾아야 한다.

이분법의 시대

인터넷 댓글을 살펴보는 것은 나의 중요한 일과이자 연구다. 사람들의 댓글에서는 설문지나 실험으로는 찾아낼 수 없는 생생한 반응을 얻을 수 있기 때문이다. 그런 의미에서 대한민국 인터넷은 전쟁터 그 자체다. 상상할 수 있는 모든 이슈를 두고 싸움이 벌어진다.

문제는 이 싸움이 단순한 주장이나 논쟁의 범위를 넘어선다는 데 있다. 일단 편이 갈리면 사람들은 상대를 불구대천의 원수라도 된 것처럼 매도한다. 이들이 상대방에게 퍼붓는 온갖 혐오의 언어들은, 말하자면 너와 같은 세상에서 살기 싫다는 얘기다.

정치 성향이나 경제 정책 등 조금 과격한 입장 차이가 있을 수도 있지만, 누가 무엇을 좋아하느냐는 선호의 영역에서까지 이런 식의 싸움이 벌어지는 것은 문제다. 유튜브 채널에서 흔히 발견되는 예로, 같은 노래를 A와 B라는 두 가수가 리메이크 했을 때 A와 B의 팬들은 A와 B는 급이 다르다는 둥, B(A)는 아직 멀었다는 둥 마음에 들지 않는 쪽을 후려치는 것은 물론 어떻게 A(B)를 더 좋아할 수 있느냐 그러니 너희들은 막귀다, 개돼지 인증하냐…는 식으로 상대를 싸잡아 비난한다.

내가 어떤 가수를 좋아하는 것이 다른 가수를 깎아내려야 할 이유가 될까? 다른 가수를 좋아하는 사람들까지 이 세상에 존재해서는 안 될 대상으로 만들 필요가 있을까? 선호는 말 그대로 좋고 싫음의 문제다. 개인 취향에 불과한 선호의 영역에서까지 상대를 비난하고 적으로 돌리는 습관은 사회적 갈등의 일상화는 물론 개인적 행복에도 지대한 악영향을 미친다. 늘 누군가에 대한 분노와 증오, 경멸을 품고 사는 사람이 어떻게 행복할 수 있겠는가.

이러한 사고방식은 한국의 근현대사에서 기원한다. 기억이 닿는 한 한국인들에게 선택지는 항상 둘이었다. 일제 강점기에 사람들은 독립 아니면 친일을 선택해야 했고, 광복 이후에는 이승만이냐 김일성이냐가 생사를 가르는 질문이었다. 심리적 안정을 제공하는 사회 시스템과 전통적 가치가 사라진 현실에서 한국인들은 생존을 보장하는 어느 한쪽을 선택하는 데 익숙해졌다.

공산주의자, 빨갱이, 종북이라는 낙인은 극히 최근까지 우리나라에서 강력한 영향력을 발휘했다. 주변에는 쥐도 새도 모르게 끌려가 죽거나 장애를 입거나 모든 사회적 지위를 잃고 평생을 감시당하며 폐인처럼 살아가는 사람들이 허다했다.

이런 일련의 사건들은 한국인들에게 이분법적 사고를 내재화하게 만들었다. 이분법적 사고란 흑백논리를 말한다. 흑백의 세계에는 제3의 선택이 있을 수 없다. 이 세계는 우리 편 아니면 적, 선 아니면 악으로 판명 나는 세계다. 내가 선이면 다른 쪽은 악일 수밖에 없다. 그리고 나는 악으로 규정된 이들과 함께 살 수 없다. 자신을 선이라고 믿는 사람들은 자신들이 규정한 악을 향해 저지르는 모든 일을 정당화시킬 수 있다.

이분법적 논리는 상대를 공존의 주체로 인정할 수 없게 만든다. 한국 사회의 오래된 병폐인 타협의 부재는 바로 여기에서 비롯된다. 오랜 시간 서로를 향해 총부리를 겨눴던 남과 북처럼 계층과 계층, 지역과 지역, 세대와 세대, 아래층과 위층, 남과 여 등 우리는 편이 나뉘는 순간 서로를 같은 하늘 아래 살 수 없는 적으로 인식해버린다. 그다음에는 선택할 수 있는 일이 많지 않다. 상대를 모두 없애버리거나 상대가 없는 것처럼 서로 등 돌리고 지내는 것뿐이다. 이분법적 사고는 어느새 우리가 살아온 방식이자 문화가 된 것이다.

그러나 우리가 지금 살고 있고 앞으로 살아가야 할 시대는 세계화, 다문화, 남북 교류와 협력의 시대다. 상대방을 이해하고 서로 협력해야 하는 이 시점에 상대를 공존의 주체로 받아들일 생각이 없는 이분법적 사고는 어떤 면으로나 도움이 되지 않는다.

물론 무조건적인 이해와 포용이 우리의 이익을 보장해주지는 못할 것이다. 그러나 그런 부분은 협상과 타협을 통해 해결해나가면 된다. 이분법적 사고의 가장 큰 문제는 상대와 머리 맞대고 앉을 기회 자체를 고려하지 못한다는 데 있다.

이분법적 사고의 부작용 중 하나는 그것이 행복을 느끼기 힘들게 만든다는 것이다. 행복은 증오와 경멸보다는 포용과 사랑에 가까운 감정이다. 누가 됐든 상대를 적으로 인식하고 그들을 이 세상에서 없애지 못해 안달인 마음으로는 절대 행복해질 수 없다.

자신의 행복도 마찬가지다. 이분법적 사고는 자신의 경험조차 행복 아니면 불행이라는 구도로 받아들이게 한다. 우리 사회가 무한 경쟁의 악순환에 빠져 있는 이유는 경쟁에서 이긴 자들만 행복할 수 있다는 믿음 때문이다.

좋은 대학에 가면 행복할까? 대기업에 가면 행복할까? 공무원이 되면 행복할까? 조건은 행복을 보장하지 못한다. 이런 믿음은 좋은 대학에 가지 못하고 좋은 직장을 갖지 못한 자신을 불행하게 만들 뿐이다.

여기에는 행복에 대한 오해도 한몫한다. 행복은 고통과 괴로움이 전혀 없고 지극한 즐거움만 있는 상태이며 그것이 영원히 지속되어야 한다는 생각 같은 것들 말이다. 이분법적 사고를 가진 이들은 내가 지금 즐겁지 않으니 고로 나는 불행하다는 결론을 내린다.

그러나 행복은 행복과 불행, 딱 두 가지로 나눌 수 있는 것이 아니다. 뒤에 다루겠지만 우리가 경험하는 부정적인 감정 중에는 긍정적 기능을 하는 것들이 얼마든지 있다. 어떠한 경험은 그것을 해석하고 받아들이는 사람의 태도에 따라 달라진다. 행복도 마찬가지다.

세상을 이분법적으로 바라보는 것의 가장 큰 문제는 세상이 실제로는 전혀 이분법적으로 돌아가지 않는다는 데 있다. 나는 내가 가르치는 학생들보다는 한참 늙었지만 노인들보다는 한참 어리다. 나와 아내는 남자와 여자이지만 부부라는 단위로 살며 윗집 사람들과는 같은 학교에 다니는 아이들을 키운다는 공통점이 있다.

우리가 사는 세상은 예전에도 그랬던 것처럼 그냥 거기 있다. 세상을 진보와 보수, 청년과 노인, 남과 여, 아랫집과 윗집으로 가르는 것은 결국 현상을 보는 사람의 관점이다. 짚고 넘어

가야 할 점은 우리에게는 세상을 이분법적으로 구분하는 습관
이 있고 그것이 행복에 별로 도움이 되지 않는다는 것이다.

폐지를 줍는 것조차
경쟁해야 한다고?

올해 초에 드라마 〈SKY 캐슬〉의 인기가 하늘을 찔렀다. 기득권을 유지하기 위해서 자녀들을 상위 대학에 보내기 위한 부모들과 입시 교육에 시달리는 아이들의 모습을 적나라하게 보여준 수작이었다. 드라마가 끝나자 많은 사람이 감명을 받고 한국의 교육 현실에 공분하고 문제의식을 공유하는 계기가 되는 듯했으나 한편으로는 어떻게 받아들여야 할지 당황스러운 현상도 이어졌다.

드라마에 등장했던 폐쇄형 책상의 판매량이 급증하거나 김주영 쓰앵님(김서형 분) 같은 입시 코디를 구하는 일부 학부모들의 움직임이 나타난 것이다. 딸 친구의 자살과 시험지 유출

등의 사건에 얽히며 공부가 다가 아니라는 것을 처절하게 깨달았던 주연 배우 중 한 명은 학습지 광고에 등장했다.

한국인들이 좋은 대학에 목숨을 거는 이유는 대한민국이 엄청난 경쟁 사회이기 때문이다. 좋은 대학을 나와야 좋은 직장을 얻을 수 있기 때문에 학부모들은 자녀를 좋은 대학에 보내기 위해 혈안이 된다. 그 결과로 한국 학생들은 OECD 평균의 두 배에 이르는 시간을 학교와 학원에서 보낸다.

그렇게 좋은 대학에 가서 좋은 직장을 얻으면 다 되느냐 하면 그렇지도 않다. OECD 가입 국가 중 최장 시간을 자랑하는 노동 시간에 시달리며 일하다가 50세가 조금 넘으면 퇴직을 해야 하고, 퇴직 후에 얼마 안 되는 퇴직금과 대출로 차린 편의점이나 치킨집마저도 경쟁에 시달려야 한다. 은퇴 연령과 기대 수명이 심각한 불균형을 이루고 있는 현실에서 노후 대책마저 충분치 않은 노인들은 폐지 줍는 것조차 경쟁해야 한다.

한국이 이렇게 무한 경쟁 사회가 된 것에는 자원이 부족한 상황에서 인적 자원에 기댈 수밖에 없는 현실뿐 아니라 이른 퇴직, 부족한 사회 안전망, 대기업들의 독점 등 불공정한 경쟁 구도 등 여러 이유가 있다. 그러나 이 모든 것을 아우르는 근본적인 이유는 일자리에 비해 사람이 많다는 것이다.

한국의 인구밀도는 1km²당 520.4명으로 세계 23위다. 아시아 평균 142.4명과 세계 평균 56.8명에 비해 상당히 높은 편이다. 이러한 높은 인구밀도는 행복과 어떤 관련이 있을까.

심리학자 존 칼훈은 특수하게 만든 방에서 쥐의 생태를 관찰했는데, 개체수가 급증함에 따라 쥐들은 난폭해지고 공격적인 행동을 보였을 뿐 아니라 자기 새끼를 잡아먹거나 보금자리를 꾸리지 않는 등 비정상적인 행동을 보였다.

미시간대학교 올리버 승 박사는 애리조나주립대 연구진과 함께 국가별 및 주(州)별 인구밀도와 미래 준비 행동의 인과 관계를 조사했다. 그랬더니 거주지의 인구밀도가 높을수록 교육비 지출, 퇴직금 저축 등 장기적 보상을 목표로 행동하려는 경향이 눈에 띄게 높은 것으로 나타났다.

생물학에는 '생활사 전략'이라는 용어가 있다. 생명체가 자신에게 한정된 에너지를 성장과 생식에 분배하는 전략을 말한다. 올리버 승 박사의 연구는 생활사 전략과 인구밀도 사이의 관련성을 보여준다.

인구밀도가 낮은 지역에 사는 생물(인간)들은 현재에 초점을 맞추고, 일찍 결혼해서 후손도 많이 두고, 자신이나 자녀의 미래에 딱히 투자하지 않는다. 반면 인구밀도가 높은 지역에 사는 사람들은 미래와 자기계발, 장기적 관계를 중요시하며 자녀도 적게 낳는다.

인구밀도가 높다는 것은 생존을 위한 자원 확보가 중요하다는 뜻으로, 이런 환경에 산다는 것은 개체 간의 경쟁이 치열해질 수밖에 없다는 의미다. 자신과 자녀가 생존에 성공하기 위해서는 많은 준비가 필요하고 그러려면 거꾸로 많은 자원이 필요하다. 양육과 교육에 들어가는 비용을 극대화하려면 자녀의 수가 줄거나 자녀의 성공이 보장되지 않을 것 같으면 자녀를 갖지 않고 그 비용을 자신의 복지에 돌린다. 현재 한국 사회에서 벌어지고 있는 비혼과 저출산, 욜로 열풍의 원인은 한국의 인구밀도와 뗄 수 없는 관계에 있다.

그럼 우리가 행복해지기 위해서는 인구가 줄어야 할까? 어느 정도는 맞는 말이다. 일할 사람이 없어 봐야 일하는 사람에 대한 대우가 달라질 것이고 세금 낼 사람이 줄어 봐야 세금 내는 사람에 대한 인식도 바뀔 것이다. 한정된 자리를 얻기 위해 무한정 경쟁하는 일도 어느 정도 줄 것이다.

한국은 먼저 산업화된 다른 나라들처럼 인구 증가와 고령화, 인구 감소의 길을 걷고 있다. 이대로라면 2750년이 되면 한국인들이 사라질지도 모른다는 전망까지 나왔지만 현재로서는 인구가 줄어드는 것이 맞고 언젠가는 적절한 균형점에 도달할 것이다. 지금의 인구밀도는 다수의 사람들이 행복하기에는 어려운 수준이기 때문이다.

좀 더 본질적인 것은 경쟁에 대한 생각에 있다. 경쟁에서 도태되면 생존이 위협받을 수 있다는 생각은 사람들을 지치게 만든다. 경쟁은 휴식을 죄스럽게 여기게 하고, 삶의 의미와 활력을 찾을 여유를 갖지 못하게 한다. 사람들은 결국 경쟁을 야기하는 모든 상황에서 도피하려 할 것이다. 가능하면 열심히 살지 말자는 류의 책들이 인기를 끄는 것은 지나친 경쟁으로부터 도피하고자 하는 욕망의 반영이다.

경쟁 자체가 부정적인 것은 아니다. 《총, 균, 쇠》의 저자 재레드 다이아몬드에 따르면 경쟁은 혁신과 발전의 원동력이기도 하다. 또 경쟁은 성취욕과 인정 욕구를 자극하고 삶의 활력이 될 적절한 스릴을 제공한다.

그러나 한국 사회에서 경쟁이 문제가 되는 이유는 경쟁에서의 패배가 곧 생존 가능성의 박탈을 의미하기 때문이다. 이런 상황에서 한국인들이 행복해지는 방법은 지나친 경쟁의 근본적 원인인 인구밀도를 줄이는 것이다. 행복해지기 위한 한국인들의 노력(?)은 출산율 감소라는 현상으로 이미 나타나고 있다. 아이를 낳아 기르는 것이 살아남는 일보다 더 가치 있다고 생각될 때 출산율은 다시 증가할 것이다.

익숙했던 것들이
사라져간다는 것의 의미

세계에서 가장 빨리 변화해온 나라는 단연코 한국이다. 한국에서 지난 수십 년간 일어난 일들이 유럽에서 200년 이상의 시간 동안 일어난 일들과 맞먹는다는 사실은 그동안 한국이 겪었던 변화의 속도를 짐작하게 한다.

예를 들면 20세기 초만 해도 한국은 왕조국가였다. 100년 남짓한 시간 동안 한국에는 일제 강점기, 독재와 시민혁명, 군사 쿠데타와 민주화 투쟁을 거쳐 민주주의 체제가 들어섰다. 1960년대만 해도 농업국가였던 한국은 현재 수출액이 6,000억 달러인 세계 6대 무역국이다. 수출액이 1억 달러를 넘긴 지(1964년) 55년 만의 일이다.

옛날에 살았던 동네는 벌써 두어 번쯤 재개발이 되어 흔적을 찾을 수 없고, 어린 시절 뛰놀던 골목길과 공터도 요즘은 굳이 보존된 곳을 찾아가야만 볼 수 있는 풍경이 되었다. 어머니 심부름 다녀오던 동네슈퍼는 대형마트로 대체되었고, 뿅뿅 소리가 정겹던 동네 오락실은 최첨단 PC들을 갖춘 사이버 전쟁터가 된 지 오래다.

1970~1980년대 한 반에 60명을 넘나들던 학생 수는 지금 20명 내외로 줄었다. "아들딸 구별 말고 둘만 낳아 잘 기르자"던 한국은 세계 최저 수준의 출산율로 고령사회에서 초고령사회로 진입하고 있다.

한국에 사는 한국 사람들은 변화의 속도를 체감하기 어렵다. 하지만 몇 년쯤 외국 생활을 하다 들어온 사람들은 그 변화의 양에 혀를 내두르게 된다.

나는 2009년부터 2년간 미국에서 박사 후 과정 생활을 했는데, 그 짧다면 짧은 2년 동안 한국에서는 대략 다음과 같은 것들이 바뀌었다. 돌아와서 대중교통 몇 번 타고 발견한 내용들이다. 첫째, 지하철 차단문 설치, 둘째, 지하철 표(플라스틱 카드) 시스템, 셋째, 지하철 역에 생긴 자전거 이동용 레일, 넷째, 버스 도착 시간 안내 전광판…. 내가 느낀 생소함은 단지 2년의 시간이 주는 것 이상이었다.

한국에서 이렇게 변화가 빠른 이유는 우선 우리를 둘러싼 세계사의 흐름이 거셌기 때문일 것이다. 해방 후, 전쟁과 냉전, 산업화 등 급변하는 환경에 적응하기 위해 한국인들은 누구보다 빠른 변화를 택해야 했다.

두 번째이자 더 중요한 이유는 더 잘살고 싶다는 한국인들의 열망이 그만큼 컸기 때문이다. 잘살고 싶은데 조건이 그렇지 못하니 조건을 바꿀 수밖에 없다. 이는 말은 쉽지만 절대 쉬운 일이 아니다. 제2차 세계대전 이전에 식민지 역사를 겪은 나라 중 선진국 그룹에 합류한 나라는 한국뿐이라는 사실이 이를 증명한다. 그 어려운 것을 한국인들은 해냈다. 그것도 아주 빨리.

농사 지어서는 잘살 수 없다는 것을 깨닫고 한국인들은 산업구조를 바꿔버렸다. 대학 가야 잘살 수 있다고 하니까 몇 년 만에 대학 진학률이 80퍼센트가 되었고, 잘사는 사람들이 아파트에 살기 시작하자 전국이 아파트로 뒤덮였다.

이런 트렌드를 따라가자면 느려서는 안 된다. 현실에 안주할 시간 따위는 없다. '빨리빨리'가 한국인을 상징하는 단어가 된 것은 당연하다는 말도 모자랄 정도다.

구성원들의 욕망에 따라서 이렇게 전면적으로 변화하는 사회는 흔하지 않다. 한국이 이루어낸 모든 변화는 행복하기 위한 한국인들의 욕망으로 가능할 수 있었다. 한국인들은 행복하기 위해 대단히 노력해온 사람들이다. 이 정도로 노력했으면 행복할 권리가 있다.

그러나 행복에 대한 각종 지표는 한국인들이 전혀 행복하지 않음을 보여준다. 행복하려고 발버둥 칠수록 점점 더 행복에서 멀어지는 느낌이다. 행복은 객관적 조건보다 기대치에 달려 있기 때문이다. 인간은 평화와 번영을 누릴 때 만족하는 것이 아니라 실제와 기대가 일치할 때 만족한다. 조건이 좋아지면 만족도가 높아지는 것이 아니라 기대치가 높아진다.

무엇보다 변화의 결과들은 우리의 마음을 불편하게 만든다. 변화는 익숙했던 것들이 사라져간다는 것을 의미한다. 익숙한 것이 사람들에게 주는 가치는 편안함이다. 익숙한 것들에 둘러싸인 사람은 불안해할 필요가 없다. 변화가 한국인들에게 불러일으킨 것은 불안과 불편함이다.

나이 든 사람들은 옛날과 영 달라진 사람들이 불편하고, 나이 어린 사람들은 옛날이야기만 하는 나이 든 사람들이 불편하다. 예전에 의미 있고 가치 있던 일들은 더 이상 의미 있고 가치 있지 않게 되었다.

문제는 세상이 너무나 빨리 변한다는 데 있다. 현대사회에 들어선 후, 한국은 단 한 세대도 다음 세대를 위한 모범이 될 기회가 없었다. '농자천하지대본'을 외치던 세대는 기술을 배워야 먹고산다는 자식 세대의 비웃음거리가 되었고, 한국을 이만큼 살게 만들었다는 산업화 세대는 그 자식들로부터 퇴물 취급을 받는다.

한국의 한 세대에는 어쩌면 100년 이상의 시간이 압축되어 있다. 오랜 시간을 두고 천천히 스며들었어야 할 새 시대의 가치관은 사람들의 뇌리에 가혹하게 새겨졌지만 그 유통기한은 스스로도 놀랄 만큼 짧다.

한국인들은 변해가는 세상을 따라잡지 못할까 봐 불안하고, 남들보다 잘살지 못할까 봐 불안하다. 도대체 마음 한구석이 편할 날이 없다.

2장

열심히 사는데
왜 힘들기만 할까?

프로 불편러의 나라

한국에는 불편한 분들이 많다. 남들이 보기에는 별것 아닌 일들에 크게 불편해하는 분들로, 이들을 이르는 '프로 불편러'라는 용어가 있을 정도다.

아프리카보다 덥다는 대구의 더위를 상징하는 대프리카 조형물이 대구의 이미지를 저해한다는 한 시민의 신고로 철거되었다. 녹아내린 슬리퍼, 길에서 익어가는 계란프라이 등 재치 넘치고 인기가 높던 조형물들이었다.

지하철 운전석에는 에어콘 온도가 낮으면 춥다는 민원이, 높으면 덥다는 민원이 들이닥치고 독서실에서는 슬리퍼 끄는 소리, 책장 넘기는 소리부터 옆 사람 숨 쉬는 소리까지 불편하다는 쪽지가 붙는다.

술집에서 만난 유치원 선생님에게 '교사로서 이런 모습'이 불편하다며 문자를 보내는 학부모, 어버이날에 부모님 없는 사람들이 상대적 박탈감을 느끼니 어버이날을 평일로 바꾸자는 사람, TV에 나오는 연예인들의 복장, 헤어스타일, 방송 태도를 지적하는 사람들… 프로 불편러들의 사례를 보다 보면 아무리 저마다 생각하는 바, 느끼는 바가 다르다지만 참 불편한 일도 많다는 생각이 절로 든다.

물론 개중에는 긍정적인 불편함도 있다.

우리 사회에는 당연한 듯 전해왔던 부당한 관행들이 존재한다. 상사, 선배 등 손윗사람의 자연스러운 갑질이나 능력보다 지연이나 학연을 우선하는 세태, 외모나 성별로 사람을 판단하려는 경향 등 한국 사회가 좀 더 좋은 방향으로 나아가기 위해 개선해야 할 부분도 많다. 또 그러기 위해서는 이런 부분에 불편함을 느끼고 토로하는 이들이 많아져야 한다.

그러나 프로 불편러들이 제기하는 문제 중에는 그것이 정말 불편한 것이어서 우리 사회가 개선의 노력을 기울여야 할지 판단하기 애매하거나, 누가 봐도 말도 안 되는 억지를 부리는 경우도 적지 않다.

이를테면 얼마 전, 매년 개최되는 산천어축제가 수십만 생명을 학살하는 것이기 때문에 금지해야 한다는 청원이 청와대

국민청원홈페이지에 올라왔다. 인간의 오락을 위해 동물의 희생을 당연시해서는 안 된다는 것이다. 댓글창에는 별 게 다 불만이라며 청원 올린 이를 비난하는 의견과 동물의 희생에 공감할 줄 모르는 잔인한 인간들이라는 의견이 맞붙고 있었다.

비슷한 예로 서비스업 종사자들이 고객들에게 아줌마, 아저씨, 어머님이라고 부르는 호칭이 불편하다는 이야기도 나온다. 자신은 결혼도 안 했고 아이도 없는데 그렇게 불리면 기분이 나쁘다는 것이다. 그러나 아줌마, 아저씨는 타인의 존재를 가족의 범주에서 인식하는 한국 문화에서 비롯된 호칭으로 누군가를 비하하는 표현이 아닌 엄연한 존칭이다. 당신은 내 가족이 아니니 가족 호칭으로 부르지 말라는 논리라면 고객들도 식당 종업원들에게 이모님이라고 불러서는 안 된다.

이러한 이슈들은 우리 사회가 변화하면서 다양한 가치들이 혼재하기 때문에 문제가 되는 것들이다. 개인적으로 선호하는 방향은 있겠지만 아직 사회 구성원들의 합의에 이르기 힘든 종류의 사안들까지 불편을 느끼고 타인들에게 변화를 강요하는 것은 무리가 있다.

불편함은 결코 긍정적 정서라 하기 어렵다. 불편함과 같은 부정적 정서들은 당연히 행복을 느끼는 데 방해가 된다. 긍정적 정서를 많이 경험하고 부정적 정서를 적게 경험해야 한다는 행복 연구들에 따르면, 자신의 불편을 타인에게 강요(?)하는 프로 불편러들은 자신의 행복뿐 아니라 공공의 행복을 저해하는 존재들이다.

그렇다면 이러한 프로 불편러의 심리는 어디서 기인하는 것일까?

첫째로 불편하다는 감정은 내면의 안정이 깨어질 때 경험된다. 서 있는 바닥이 기울었거나 누워 있는 바닥이 울퉁불퉁하면 불편을 느끼는 것처럼, 사람들은 자신의 상식이나 신념에 도전을 받을 때 불편함을 느낀다.

둘째, 프로 불편러들은 '이거 나만 불편해?'와 같은 식으로 자신의 불편함을 내세워 타인의 공감을 얻으려 한다. 결국 이들의 의도는 다른 이들과 사회 전반에 영향을 미치려는 의도에서 비롯된다.

셋째, 사회 변화에 따라 가치관이 빠르게 변화하면서 과거에는 당연하다고 여겨지던 것들이 불편해지기도 한다. 예를 들면 1990년대만 해도 사람들은 아무 데서나 담배를 피웠지만 지금은 그랬다간 공공질서도 모르는 사람이라며 비판의 대상이 된다. 또 인터넷의 발달로 토론과 비판 등 개인의 의견을 개진할 수 있는 통로가 확장되었다는 점도 프로 불편러들의 활동에 불을 지폈다.

여러 가지 원인이 있지만, 한국인들이 느끼는 불편감의 가장 큰 원인은 주관성이다. 한국인들의 자기중심적인 마음 경험

방식은 내 기준에 맞지 않는 모든 것들을 불편하다고 인식하게 한다. "내가 볼 때는~"으로 시작하는 한국인들의 언어 습관은 이러한 주관성의 결정적인 사례다. 물론 그것은 일차적으로 개인의 영역이다. 내가 불편하다는데 누가 뭐라 할 수 있겠는가.

문제는 내가 느끼는 불편함에 대해 타인의 공감을 받으려면 그리고 타인의 공감을 바탕으로 세상을 변화시키려면 내가 느끼는 불편함이 얼마나 사회적 합의를 이룰 수 있느냐를 판단해야 한다는 점이다. 세상은 혼자 살아가는 곳이 아니다. 나 혼자 느끼는 불편을 타인에게 강요할 수는 없다. 그것이 아무리 옳은 신념에서 비롯된 불편감이라고 해도.

그러나 반드시 기억해야 할 사실이 있다. 세상을 바꾸는 이들은 불편을 느끼는 사람들이라는 것이다. 사회적 합의를 찾아가려는 노력과 불필요한 감정 싸움을 줄이려는 지혜가 뒷받침된다면 프로 불편러들의 불편감은 사회를 변혁하는 원동력으로 작용할 수 있을 것이다.

기본적으로
편안하기 어려운 마음

심리학에서 행복 척도로 가장 널리 사용되는 주관적 안녕감이란 'Subjective Well-being'의 번역어다. 앞에서 설명했듯 주관적 만족도와 긍정적 정서, 부정적 정서 점수로 계산하는 이 척도는 행복 연구의 아버지 에드 디너가 1984년에 개발한 것이다. 한국에서는 1990년대 초반부터 이 척도를 사용한 연구가 등장하고 있으나 이 용어를 처음 번역한 이는 알려져 있지 않다.

아직도 처음 이 낯선 용어를 접했던 때의 충격이 떠오른다. '웰빙'이 '안녕'이라고?

웰빙은 '잘(well) 있다/지낸다(being)'라는 뜻이다. 우리는 안녕이라는 인사를 "잘 지내니?/잘 지내?"쯤으로 쓴다. 설마 이런 이유로 이 용어를 쓰게 된 것일까?

언어는 그렇게 간단한 것이 아니다. 많은 학자가 언어의 중요성을 이야기해왔다. 언어는 세계를 보는 눈이며 생각을 할 수 있게 하고 심지어 무의식의 가능조건이다. 우리는 언어를 통해 마음을 경험한다. 그래서 한 언어를 다른 언어로 옮길 때는 많은 주의가 필요하다.

'being'이란 무슨 뜻일까.

어떠한 용어의 의미는 그 언어를 쓰는 이들 입장에서 생각해야만 한다. 영어의 be 동사에는 여러 가지 뜻과 수많은 활용이 있지만 가장 본질적인 의미는 '존재한다'는 뜻이다.

'being'에는, 어떠한 존재에는 본래부터 주어진 고유한 속성이 있으며 이전에도, 앞으로도 계속 그러할 것이라는 의미가 있다. 이런 언어를 쓰는 이들은 자기 자신의 존재도 같은 방식으로 인식한다.

따라서 'well-being'이란 자신의 본래 모습대로 잘 존재한다는 뜻이다. 따라서 'subjective well-being'은 '나 자신이 잘 존재하고 있는지 주관적으로 지각하는 정도'를 뜻한다.

그러나 한국인 같은 동양인들은 자신을 인식하는 방법이 다르다. 동양인들은 이 세상의 모든 존재가 수많은 인과 관계 속에서 생겨나고 사라진다고 믿는다. 이를 불교에서는 '연기(緣紀)'라 하는데 영어로는 'arising'으로 번역된다. '일어나다', '피

69

어오르다'라는 뜻이다.

동양인들에게는 나 자신의 존재 역시 무수한 인연의 결과로 일어난 일이다. 따라서 늘 나의 존재가 계속 일관된 모습으로 있을 것을 기대하기보다는 그때그때 바뀌는 상황과 사람에 따라 적절한 역할을 다하기를 바란다.

그러니 불변하는 나의 모습은 바람직한 나의 상태를 규정하는 것과 별 관계가 없다고 봐야 한다. 동양인들은 서양인들과 다른 이유로 만족스럽고 바람직한 나의 상태를 인식하는데, 그 이유를 이해하려면 해당 문화를 좀 더 면밀히 들여다볼 필요가 있다.

한국인들은 내가 잘 지내는 상태를 '안녕'이라 표현한다. 아침이나 저녁, 만날 때나 헤어질 때 상대방의 안부를 묻는 말이 안녕이다.

'안녕'. 편안할 '안(安)'에 편안할 '녕(寧)'. 편안함이 두 번 겹쳤다. 이 정도면 한국인들에게 편안한 것이 아주 중요하다는 사실을 알아야 한다. 편안하다는 말은 거북하거나 괴롭지 않고 마음이 놓인다(안정되다)는 뜻이다.

안녕의 사전적 의미는 다음과 같다. "아무 탈이나 걱정이 없이 편안함. 거리낌이 없는 상태".

탈이란 뜻밖에 일어난 변고나 사고와 그에 따른 어떤 좋지 않은 결과 또는 그 원인으로 되는 일을 말한다. 탈이 날까 봐 불안해하는 것이 걱정이다.

안녕이란 탈도 없고 걱정도 없는 상태, 즉 마음에 걸리는 것이 없는 상태인 것이다. '안녕'에서는 '나'라는 개체가 본래의 모습대로 잘 존재한다는 의미는 전혀 찾을 수 없다.

그렇다면 왜 한국인들은 가장 바람직한 상태를 편안한 상태라고 생각하게 되었을까?

한국인들은 정서를 표현할 때 '느낌' 혹은 '감(感)'이라는 말을 많이 사용한다. 이 느낌은 생각이 개입되기 전의 즉각적 경험이다. 느낌의 첫 단계에서 사람들은 무엇인지 명확하게 알 수는 없지만 마음이 움직였음을 '느끼고', 이를 이해하기 위해 반추적(reflective) 사고를 한다.

반추적 사고란 자신이 한 경험을 되새겨 자기 중심으로 경험의 의미를 파악하고 재해석하는 과정이다. 정서 2요인 이론에 따르면, 사람들이 어떤 원인에 의해서든 생리적 각성을 하고 나면 그것을 인지적으로 해석하여 자신이 어떤 정서를 느끼는지 설명하려고 하는데 반추적 사고도 이러한 과정이다.

물론 이러한 과정은 보편적으로 일어나지만, 언어적·문화적인 이유로 한국인들에게 좀 더 중요한 것 같다. 한국 문화에서는 다양한 관계와 맥락에서 일어나는 불분명한 느낌들을 해석해야 할 필요가 많기 때문일 것이다.

예를 들어 아내의 표정이 미묘하게 다른 날이 있다. 느낌이 안 좋다. 무슨 일 있냐고 물어봐도 별일 없다고만 한다. 그러나 얼굴 맞대고 산 게 몇 년인데 모를까. 분명 뭔가 있다. 내가 무엇을 잘못했나? 아이가 어디가 아픈가? 처가에 무슨 일이 있나? 머릿속에서는 복잡한 계산이 벌어지고 안 좋은 상상은 꼬리에 꼬리를 문다.

뭘 그리 피곤하게 사느냐고? 왜 마음에 있는 것을 분명하게 이야기하지 않느냐는 사람들이 있는데 참 세상 간단하게 살아서 좋겠다. 그런데 말이다. 모든 것을 말한다고 될 일은 아니다. 말하지 않아도 내 마음 좀 알아주었으면 싶은 사람도 있고, 때로는 마음에 있는 말을 하지 말아야 할 때도 있는 법이다. 이것이 우리가 소통하는 방식이다.

한국인의 마음에는 늘 어떠한 감정이나 생각이 일어난다. '왜 이런 느낌이 들었지?', '이런 감정은 어디에서 오는 거지?' 하고 생각하다 보면 불안으로 이어지고 번민하기 쉬워진다. 나름대로 해석하고 행동을 취하지만 오해를 불러일으키는 경우도 있다. 따라서 이런 느낌은 불편함으로 다가온다.

쉽게 말해 한국인들은 기본적으로 편안하기 어려운 마음을 갖고 있다. 한국이 프로 불편러의 나라인 것도 무리가 아니다. 이것이 한국인들이 안녕을 추구하는 이유이기도 하다.

미래는
불행할 거라는 생각

행복을 심각하게 위협하는 습관 중 하나는 현재가 불행하기 때문에 미래 역시 불행할 거라는 생각이다. 미래에 대한 기대가 현재의 행복을 결정짓는 중요한 요인이라는 것을 떠올려보면, 희망 없는 미래가 오늘에 어떠한 영향을 미칠 것인지는 짐작하고도 남는다.

사람들은 오늘을 근거로 내일을 예측하는 버릇이 있다. 그러나 이는 명백한 실수다. 이름난 석학들의 미래 예측조차 시간이 지난 후에 웃음거리가 되는 일이 흔하다. 19세기 후반만 하더라도 과학자들은 기계가 하늘을 나는 일은 있을 수 없다고 코웃음 쳤다. 최초의 비행기가 날아오른 것은 1903년의 일이다.

개인용 컴퓨터가 막 보급되던 시기, 하드드라이브의 용량은 20메가바이트가 안 됐다. 처음 100메가바이트짜리 하드가 나왔을 때 컴퓨터 전문가들은 일반인들이 그렇게 큰 용량을 쓸 필요가 없다며 낭비라고 혀를 찼다. 지금 여러분의 손바닥 안에서 재생되고 있는 드라마 동영상 하나의 크기가 1기가바이트를 넘는다.

내일을 상상하는 것은 인간이 가진 중요한 능력이다. 하지만 이 능력에는 문제가 있다. 아직 경험하지 않은 미래를 그려보기에는 재료가 부족한 것이다. 따라서 뇌는 내일을 개념화하면서 오늘이라는 재료로 빈 곳을 채워 넣는다.

배부른 상태에서는 미래의 배고픔을 상상하지 못한다. 마찬가지로 배고픈 상태에서 미래의 배부름을 상상하기 어렵다. 자신이 직접 경험해보지 않은 사실을 알 길이 없기 때문이다. 추운 지역에 사는 사람들은 캘리포니아 사람들의 행복을 과대평가하였다. 따뜻하고 날씨가 좋은 캘리포니아 사람은 자신들보다 당연히 더 행복하리라고 생각한 것이다. 그러나 캘리포니아 사람들의 실제 행복도는 그렇게 높지 않았다.

우리는 미래의 사건을 상상할 때 그 사건의 장단점이 무엇인지 일일이 따져보지 않는다. 대신 일어날 일들을 머릿속에서 시뮬레이션해보고 그 상상에 대해 어떤 감정이 드는가에 기초해 미래를 예측한다. 상상한 미래에서 우울하고 답답한 느낌을 받았다면 그 미래는 불행할 거라고 생각하는 게 일반적이라는 뜻이다.

한국인들은 미래가 불행할 거라고 전망하는 경향이 있다. 뉴스를 보면 한국 경제는 이미 망했으며 4차 산업혁명으로 사람들의 일자리는 점점 줄어들고 유례없는 속도로 진행 중인 저출산·고령화로 인해 한국이라는 나라는 곧 사라질 것만 같다. 이에 대한 사람들의 반응들도 부정적이긴 마찬가지다. 헬조선에는 희망이 없으니 노예로 사는 건 나 하나로 족하며 따라서 아이를 낳을 필요가 없다는 것이다.

현재에 만족하지 못하는 이들이 미래에 자신이 행복해질 거라고 예측하는 건 당연히 어려운 일이다. 그러나 생각해볼 질문이 있다. 옛날은 좋았는가?

다음은 인터넷에 떠도는 글이다.

초등학교 고학년: 저학년일 때가 좋았지

중학생: 초등학교 때가 좋았지

고등학생: 중학교 때가 좋았지

대학생: 고등학교 때가 좋았지

취업준비생: 학생일 때가 좋았지

은퇴자: 일할 때가 좋았지

노인: 젊을 때가 좋았지

당신의 인생은 항상 좋았다. 당시에는 그것을 몰랐을 뿐.

회상하는 과거는 항상 아름답다. 현재에서 행복을 찾지 못하는 사람들은 자신에게 부족한 긍정적 정서를 보충하기 위해 과거의 기억을 들춰낸다. 그들이 하는 말은 이렇다. 옛날 노래가 좋았다. 옛날 드라마가 좋았다. 옛날 영화가 좋았다. 옛날에는 정이 있었다….

하지만 객관적으로 생각해보면 옛날에는 옛날 나름의 불행이 있었다. 그리고 그 불행의 정도는 오히려 현재보다 훨씬 컸다. 옛날에는 아이는 많이 낳았지만 영아 사망률이 높았고, 공기는 맑고 자연은 깨끗했지만 가난했다. 사람들 사이에 정은 있었겠지만 개인의 의사와 관계없이 죽고 죽이는 역사가 있었고, 그 아름다웠던 노래들이 나오던 시절은 국가에서 모든 노래를 검열하던 시기였다.

사람들에게는 자신이 이미 한 행동에 맞춰 기억을 조정하는 경향이 있다. 인지 부조화, 합리화, 자아통합의 욕구로 설명할 수 있는 인간의 본질적인 속성이다. 따라서 현재 인식하는 과거는 어떻게든 보정을 거친 것으로 당시의 실제 모습이 아닐 가능성이 크다.

사람들이 과거의 기억을 바꾸는 이유는 현재 행복하기 위해서다. 그러나 현재의 행복을 위해서 현재를 불행하게 만드는 방식에는 분명 문제가 있다. 과거가 아름답기 위해 현재 불행해질 필요는 없다. 오늘, 여기서 찾을 수 없는 행복을, 지나 버린 과거에서 찾는 것은 도피다. 그리고 도피로 얻은 행복은 행복이라 말하기 어렵다. 우울한 이들이 알코올이나 약물에 의존하는 것을 건강하다고 말할 수 없듯이.

못생겨서 불행해

못생김도 불행에 한몫한다. 우스갯소리로 여자들이 유럽에 갔다 오면 한동안 일상생활이 안 된다는 얘기가 있다. 미남들만 보다 가 한국에 와 보니 이건 뭐, 할 말이 없다는 거다.

유럽에서도 특히 남자들이 잘생기기로 유명한 나라는 이 탈리아다. 이마, 콧날, 턱선… 조각이 따로 없다. 이탈리아 남자 들은 왜 이렇게 조각처럼 잘생긴 걸까? 아니, 한국 남자들은 왜 이렇게 못생긴 걸까?

답은 의외로 간단하다. 우리가 아는 조각들은 다 이탈리아 에서 만들었기 때문이다. 이탈리아는 그리스-로마 문명이 자 리했던 나라다. 그리스는 예술에서 완벽한 비례를 구현하려 했던 문명이며 그리스 문명을 이어받은 로마 문명은 지중해를 둘러싼 고대세계를 지배했던 대제국이었던만큼 화려한 건축물과 수많은 조각을 남겼다.

더군다나 서양 문명의 꽃을 피운 르네상스의 중심지 역시 이탈리아다. 레오나르도 다빈치, 미켈란젤로, 라파엘로 등 누구나 한 번쯤 들어보았을 예술가들이 수많은 걸작을 이탈리아에 남겼다. 이런 역사를 지닌 이탈리아가 조각의 나라가 된 것은 당연하다.

이탈리아에서 만든 조각이 누구의 얼굴을 본떠 만들어졌겠는가? 이것이 이탈리아 남자들이 조각처럼 생긴 이유다. 여자들도 마찬가지다. 유럽, 특히 러시아나 동유럽에 다녀온 남자들은 "요정을 보고 왔네", "천사를 보고 왔네" 난리다.

우리가 유럽 여자들이 요정같이 예쁘다고 생각하는 이유도 이탈리아 남자들이 잘생겼다고 생각한 이유와 같다. 우리가 알고 있는 요정들은 전부 유럽 여자들을 모델로 했기 때문이다. 요정(엘프, elf) 자체가 유럽의 정령설화에서 온 것이니 그럴 수밖에 없다.

여기에는 우리의 '미(美) 의식'을 짐작할 수 있는 단서가 숨어 있다. 한국인들은 이탈리아를 비롯한 유럽 사람들이 한국인보다 잘생겼다고 생각한다는 것이다. 사실 이탈리아 남자가 이탈리아 조각을 닮고 요정이 유럽 여자를 닮은 것은 당연한 일이다. 그러나 이탈리아 남자가 한국 남자보다 더 잘생겼고 유럽 여자가 한국 여자보다 더 예쁘다는 인식은 당연한 것이 아니다. 그럼에도 불구하고 우리는 은연중 그런 생각을 하고 있다.

다음 물음에 대답해보자.

① 한국인들은 키가 큰가, 작은가?

② 한국인들은 다리가 긴가, 짧은가?

③ 한국인들은 눈이 큰가, 작은가?

④ 한국인들은 코가 높은가, 낮은가?

대부분 사람들은 한국인들이 키가 작고, 다리가 짧고, 눈이 작고, 코가 낮다고 대답한다. 그렇다는 얘기는 우리가 '키 크고, 다리 길고, 눈 크고, 코 높은' 것을 미의 기준으로 생각한다는 뜻이다. 이러한 기준에 부합하는 사람들은 유럽인들이다. 당연히 한국인들은 못생긴 사람들이 된다. 자신을 못생겼다고 생각하는 사람이 자존감이 높고 행복하기는 어려운 일이다. 생긴 것부터 마음에 안 드는데 뭔들 마음에 들겠는가.

과연 한국인들은 못생겼을까?

이런 생각은 '진화론적 사고'에서 비롯된다. 진화론적 사고란 세계의 여러 나라, 여러 문화가 서로 다른 모습을 갖고 있는 것이 진화의 결과라는 생각이다. 이에 따르면 어떤 민족이나 국가가 진화의 낮은 단계에 있다는 것은 그들이 덜 발달되고 미성숙한 사회라는 것을 의미하며, 그들의 생김새 역시 진화의 결과로 설명된다. 즉, 덜 진화한 사람들이 더 진화한 사람들보다 더 못생겼다는 것이다. 제2차 세계대전을 끝으로 더 이상 공식석상에서 진화론적 인식론을 언급하는 것은 금기가 되었지만 오랫동안 사람들의 머릿속을 지배해온 진화론적 사고는 여전히 사람들의 마음에 영향을 미치고 있다.

서양인들은 가끔 두 손가락으로 눈을 찢는 포즈로 사진을 찍는다. 일명 동양인 비하 포즈다. 이에 대한 기사가 올라오면 분노에 찬 댓글들이 달린다. 일단 분노할 일은 맞다. 서양인들이 이런 포즈를 취하는 것은 동양인들의 외모(길고 쌍꺼풀이 없는 눈)를 비하하는 것으로, 동양인들을 자기들보다 열등한 존재로 보고 있다는 뜻이기 때문이다.

그런데 정작 우리도 자기 자신에게 똑같은 짓을 하고 있다는 건 잘 모르는 것 같다. 유럽 남자가 한국 남자보다 잘생겼고 유럽 여자가 한국 여자보다 예쁘다는 인식 말이다. 제 얼굴에 침 뱉기도 이런 침 뱉기가 없다.

더 나쁜 것은 그래도 한국인들이 동남아 사람들보다는, 아프리카 사람들보다는 잘생기고 예쁘다는 생각이다. '서양 사람들보다는 조금 못생겼지만 그래도 쟤들보다는 낫다'는 생각은 진화론적 질서를 인정할 뿐 아니라 그것을 적극적으로 확대 재생산하는 매우 악랄한 인종주의적 태도다.

이런 생각을 가지고 살면서 행복해지기란 쉬운 일이 아니다. 자기 자신을 열등하다고 믿는 이들이 과연 행복할 수 있을까? 그들이 자신보다 우월한 사람들이나 자신보다 열등한 이들과 제대로 된 관계를 맺을 수 있을까?

"코딱지만 한 나라에
살면서 말이야"

"코딱지만 한 나라에서 갈라져서 싸우고 말이야⋯."

지역 감정 같은 게 화제가 될 때 흔히 듣는 소리다.

한국인들이 불행한 이유 중에는 나라가 작아서라는 이유
도 있다. 특히 미국이나 중국과 비교하면서 우리나라는 미국의
한 개 주나 중국의 한 개 성보다도 작다며 비웃는 경우도 있는
데, 이는 자신을 비웃으니 분명 자조(自嘲)일 것이다. 자신을 비
웃는 사람이 자존감이 높을 리 없고 자존감이 낮은 이가 행복
할 수는 없는 일이다.

이 말은 잘못된 말이다. 그것도 두 가지 면에서.

첫째, 당신의 코딱지는 그렇게 크지 않다. 뭉치면 1mm³가

될까 말까 한 코딱지를 몇 개나 모으면 한국 땅덩이만큼 커질까. 평생 코딱지를 모아도 방 하나를 채우기 어렵다. 더러우니 코딱지 얘긴 이쯤하고 실제 면적을 비교해보자.

대한민국(남한)의 면적은 99,720km²로 이웃 나라 일본의 약 1/4 정도의 넓이다. 이 넓이는 중국의 1/96, 미국의 1/98, 러시아의 1/170에 해당한다. 정말 작다고? 수치로 보니 더 자괴감이 든다고?

사실 우리나라는 그렇게 작은 나라가 아니다. 면적 순위로 세계 237개국 중 무려 109위에 해당한다. 109위면 상위 50퍼센트 안에 드는 순위다. 세계에 우리보다 작은 나라가 120여 개나 더 있다는 것이다.

실제로 유럽 한복판에 우리나라를 갖다 놓으면 많은 나라가 우리나라보다 작다는 것을 볼 수 있다. 여기에 북한(122,762km²)이 더해지면 전체 면적은 222,482km²로, 세계 85위에 해당하는 면적이다. 영국(243,610km²)과 비슷한 크기다.

사람들이 우리나라가 작다고 생각하는 이유는 세계지도에 우리나라가 진짜 조그맣게 나오기 때문이다. 눈으로 보기에도 작으니 실제로도 작다고 생각할 수밖에. 하지만 이것은 지도의 제작 방식 때문에 나타나는 오류다.

현재 세계지도는 대개 메르카토르 도법으로 제작된다. 구형인 지구를 평면화하는 과정에서 경도선이 완전히 모이는 극지방을 적도의 경도와 같은 비율로 편 것이 바로 메르카토르 도법이다. 이 메르카토르 도법은 항해에 용이하다는 장점이 있으나 실제 면적이 왜곡된다는 단점이 있다.

메르카토르 도법으로 그려진 지도를 보면 그린란드나 남극 대륙의 넓이가 어마어마하다. 적도에 가까울수록 정확하지만 극지방에 가까울수록 실제 크기보다 더 커지는 것이다. 학자들은 대항해 시대에 개발된 메르카토르 도법이 유럽과 북미의 크기는 확대하고 아프리카와 아시아 등지의 크기는 실제보다 작게 보이게 만들어 서구의 우월성을 강조하고 식민 지배를 정당화하는 근거가 되었다고 주장한다.

이는 단순히 지도 도법의 차이가 아니다. 우리가 늘 보고 듣고 느끼는 내용에 따라 자신이 살아가는 세계를 인식하는 방법이 달라진다. 내가 사는 나라가 실제 크기보다 작은 지도를 보면서 사람들은 나라가 작으니 거기 사는 사람들도 별 볼 일 없을 거라고 생각하게 되는 것이다. 그러나 땅이 작다고 사람들까지 시원찮다는 생각은 사실이 아니다. 중국이 한국보다 96배나 크지만 중국인들이 한국인들보다 96배 잘났을까?

한국은 면적으로 세계 109위이지만 경제력으로는 세계 10위다. IMF는 2016년에 세계 10대 선진국에 한국을 포함시켰고, 올해는 세계 일곱 번째로 30/50클럽(국민소득 3만 달러/인구 5,000만 명)에 가입했다. 군사력, 외환보유고 등 국력을 가늠할 수 있는 각종 지표에서 세계 10위권 안에 있는 나라이며, 사람들의 IQ 나 수학 능력, 과학 기술 관련 지표와 문화 산업의 규모 및 영향력에 있어서도 한국은 쉽게 볼 나라가 아니다. 더구나 한국은 이 모든 지표를 지난 60~70년 동안 이뤄냈다. 이 모든 일이 나라가 커서 가능했던 것이 아니란 사실을 정작 한국인들은 가끔 잊는 것 같다.

또 작은 나라는 갈라져 싸워서는 안 된다는 생각 또한 사실과 거리가 멀다. '코딱지만 한 나라에서' 운운하는 말들은 작은 나라는 당연히 통합돼야 한다는 전제가 깔린 생각인데, 세계사를 조금만 들여다봐도 이게 얼마나 얼토당토않은 소리라는 것을 알 수 있다.

일례로 한반도 면적과 비슷한 영국은 잉글랜드, 스코틀랜드, 웨일즈, 북아일랜드의 네 개의 나라로 나뉘어져 아직도(!) 통합하지 못하고 있다. 월드컵에도 네 나라가 따로 나갈 정도다. 독일은 1871년 프로이센에 의해 통일되기 전까지 300개가 넘는 소국들로 나뉘어 있었으며, 스페인이나 이탈리아도 사정은 마찬가지였다.

최근 스페인에 독립을 선언한 카탈루냐 지방의 면적은 32,111km²로, 우리나라 경상도 넓이다. 한반도 정도의 면적에서 3, 4개의 지방이 대립하는 것은 세계 어느 지역에서나 있어왔던 일이다. 지역 갈등이 없었던 나라는 없다.

면적 세계 109위인 우리나라가 코딱지만 하고 그래서 그렇게 보잘것없으면, 110위부터 237위까지의 나라 사람들은 어떻게 해야 할까. 우리가 대단히 높이 평가하는 네덜란드, 덴마크, 스위스 등은 남한의 반도 안 되는 면적을 가진 나라다. 그 나라 사람들이 땅이 좁다고 부끄러워하는 것은 본 적이 없는 것 같다. 땅이 좁은 것은 부끄러워할 일이 아니기 때문이다.

큰 집에 사는 사람이 작은 집에 사는 사람보다 우월한 것이 아니듯, 국토의 면적이 그 나라 사람들의 지위를 결정해주는 것은 아니다. 혹시 그렇게 생각한다면 그 생각부터 돌아볼 필요가 있다. 그것이 바로 '권위주의적' 사고방식이라고, 강자 앞에 비굴하고 약자 앞에 군림하는 전형적인 양아치의 면모다.

세계화 시대를 맞아 우리는 자기 자신을 객관적으로 바라보는 법을 배워야 한다. 객관적으로 보아도 대한민국은 그렇게 작은 나라가 아니며, 국토 크기와 관계없이 이미 충분한 저력을 보이는 나라다. 비합리적인 근거를 바탕으로 필요 이상 자신을 비하하는 것은 자신의 행복에도, 상대방과의 건강한 관계 형성에도 해가 되는 행위다.

믿을 수 없는 한국 사람들

2012년 OECD에서 실시한 행복 지수 연구 중, 힘든 상황에서 도움을 요청할 수 있는 사람이 있는지 묻는 항목에서 한국은 조사 대상 36개국 중 35위를 차지했다. 차지했다는 말이 주는 어감이 무색할 정도로 낮은 순위다. 그랬구나. 힘들 때 도움받을 사람도 없어서 우리가 불행했구나. 세상에 믿을 놈 하나 없다더니 그 말이 딱 맞구나….

그도 그럴 것이 대한민국은 사기 범죄에서 세계 1위를 달리고 있다. 2013년 한 해 동안 한국에서 사기 범죄는 274,086건이 발생했다. 연평균 25만 건, 하루 60건 이상의 빈도다. 같은 기간 일본에서의 사기 범죄는 38,302건에 불과하다. 역시 일본인들은 정직하구나. 그래서 선진국이구나. 우리는 아직 멀었구나….

2018년 3월 통계청이 발표한 〈2017 한국의 사회지표〉에 따르면 2017년 우리 국민의 가족, 이웃, 지인 등 일반인에 대한 신뢰는 4점 만점에 2.7점으로 그리 높은 편이 아니다. 4점 만점이면 1-전혀 신뢰하지 않는다, 2-신뢰하지 않는다, 3-신뢰하는 편이다, 4-전적으로 신뢰한다와 같은 식으로 측정했을 텐데, 2.7점이면 신뢰할지 말지 망설이는 수준에 해당한다.

공공 부문에 대한 신뢰는 더 가관이다. 의료기관이 2.6점으로 상대적으로 가장 높고, 그다음으로는 교육계, 금융기관이 2.5점, 검찰, 대기업에 대한 신뢰는 2.2점으로 낮은 수준을 보인다. 정부부처에 대한 신뢰도는 그나마 전년에 비해 0.3점이나 올라서 2.3점이다. 국회는 1.8점으로 가장 낮다. 2점보다 낮다는 것은 대놓고 신뢰할 수 없다는 것이다.

정치사상가 프랜시스 후쿠야마는 그의 저서 《트러스트》에서 '국가 경쟁력은 한 사회가 고유하게 지니고 있는 신뢰의 수준에 의해 결정된다'고 주장한다. 그렇구나. 우리는 이래서 아직 안 되는 거구나….

그런데 이상하다. 한국인 하면 정(情) 아닌가. 정이 한국인의 대표 정서라며?

정으로 맺어져 있고 매일같이 '우리가 남이가'를 부르짖는 한국인들이 왜 서로 사기를 못 쳐서 안달이고, 어려울 때 도움받을 사람이 하나 없을까. 우리 사회가 왜 이리 각박해졌을까. 아, 정말 불행하다. 힘들 때 도움받을 사람 하나 없다니…. 이렇게 우리의 불행 회로는 다시 돌아간다.

　지금까지 인용한 조사 결과만 보면 한국인은 거의 믿을 수 없는 사회 시스템에서 서로 사기 치기 바쁜 사람들이 호시탐탐 서로 등쳐먹을 기회만 노리며 살아가는, 세상에서 가장 못 믿을 족속처럼 느껴진다.

　그런데 말이다. 국가 비교 통계 사이트인 넘베오(NUMBEO)에서 2018년 120개국을 대상으로 한 조사에서, 해외 여행객들이 꼽은 세계에서 가장 안전한 나라로 한국이 뽑혔다. 2019년 조사에서는 순위가 조금 내려가긴 했지만 한국을 다녀간 많은 외국인들이 밤늦게까지 돌아다녀도 안전한 나라라고 이야기한다. 관광지에 흔히 있는 소매치기도 없고 카페나 식당에 가방이나 노트북을 놓고 다녀도 집어가는 사람이 없다. 지하철에서 놓고 내린 물건도 나중에 분실물 보관소에 가보면 웬만큼 찾을 수 있다. 한국에서는 정전이 돼도 도시가 파괴되거나 상점이 털리는 일 같은 건 없다. 이런 일은 우리보다 신뢰 수준이 높다는 국가들에서도 흔히 있는 일이다. 우리가 당연하게 받아들이고 있는 한국의 치안 수준은 신뢰와는 별 상관이 없는 일일까?

　신뢰에는 두 차원이 있다. 하나는 다른 이들에 대한 일반적인 신뢰이고, 다음은 기관 및 시스템에 대한 신뢰다.

한국인의 심리를 연구해온 연구자 입장에서 한국인들의 일반적 신뢰 수준은 높은 편이나 기관 및 시스템에 대한 신뢰는 낮다고 정리할 수 있다. 이는 우선 역사적으로 한국의 국가 시스템이 한국인들에게 행해왔던 일들을 떠올려보면 자연스럽게 이해할 수 있다.

한국인들의 기억이 닿는 한 구한말에서부터 극히 최근까지 한국의 국가 시스템은 한마디로 정상이 아니었다. 망국과 식민지, 내전과 독재를 경험한 이들이 시스템을 신뢰할 수 없는 것은 당연한 일이다. 그럼에도 불구하고 사회가 유지되고 이만큼이나 발전할 수 있었던 것은 한국인들의 사적 신뢰 체계 때문이라고 생각한다.

한국인들은 기본적으로 다른 사람의 마음도 내 마음 같을 거라는 전제에서 살아간다. 그래서 정도 많고 다른 이들과 가까워지기도 쉽지만 또 그렇기 때문에 오해도 많고 속상할 일도 많다.

이러한 신뢰 체계가 카페에 노트북을 놓고 다녀도 집어가는 사람이 없는 이유이면서, 사기 범죄가 많은 이유이기도 하다. 사람들은 '저 사람이 설마 내 노트북을 가져가겠어?'라는 생각으로 물건을 두고 다니고, 사기범들은 '저 사람이 설마 나한테 사기를 치겠어?'라는 사람들의 신뢰를 거꾸로 이용하는 것이다.

한국인들의 사적 신뢰가 높다면 힘들 때 도움을 청할 사람이 있냐는 조사에서 순위가 밑바닥인 건 어떻게 해석해야 할까. 조사 방법을 조금만 자세히 들여다보면 조사 결과의 신뢰성에 당장 의문이 들 것이다. 36개국 중 35위를 차지한 한국이 '힘들 때 도움이 청할 사람이 있느냐'는 질문에 응답한 비율은 81퍼센트다. 10명 중 8명 이상이 있다고 대답한 것이다. 우리보다 순위가 높은 나라들의 응답율은 82~99퍼센트 사이였을 것이다. 국가 대상 조사에서 100퍼센트가 나오는 경우는 없을 테니까 말이다.

이 말은 우리보다 순위가 높은 나라들의 응답은 10명 중 9명 정도라는 것이다. 10명 중 8명 이상과 10명 중 9명 정도가 한국인들의 전반적 신뢰 수준을 운운할 정도로 신뢰로운 결과인지 나는 잘 모르겠다.

프랜시스 후쿠야마가 말한, 한 나라의 시스템에 대한 신뢰 척도라고 할 수 있는 국가 경쟁력도 세계경제포럼(WEF)에서 2018년 발표한 국가 경쟁력 순위를 보면 한국은 140여 개국 중 15위로 나타났다. 순위가 더 높으면 좋았겠지만 현시점에서 그렇게 낮다고만도 할 수 없는 순위다. 우리의 신뢰 수준이 그렇게 낮다면 이 정도의 국가 경쟁력 순위가 가능할까?

물론 우리의 신뢰 수준, 특히 공적 영역의 신뢰 수준은 아직 낮고 이것이 현재 한국인들의 불행에 적지 않은 영향을 주는 것은 사실이다. 그렇다면 공적 영역의 신뢰 수준을 높이면 된다. 수년째 세계 꼴찌를 기록하고 있는 한국 언론의 신뢰도나 국내 기관 신뢰도 최하위에 빛나는 국회의 신뢰도 같은 것 말이다.

그러나 현 상황을 고정불변할 것이라고 생각하고 우리는 신뢰가 없어서 틀렸다며 불행에 빠지는 일 역시 미래의 행복을 위해 그다지 바람직한 행동은 아니다.

이웃이 땅을 사면 배가 아프다?

'위화감'이란 사전에 따르면 서로 어울리지 못하는 어색한 느낌을 말한다. 그래서 이 말은 대개 늘 보던 대상이 (뭔지는 모르겠지만) 평소와 같지 않은 느낌을 받을 때 쓴다. 그러나 한국에서는 이 단어가 쓰이는 맥락이 또 있다.

연예인들이 고급 자동차나 주택을 샀다거나 특정 지역, 계층 사람들이 자기들만의 문화(주로 소비와 관련된)를 보일 때, 언론에서는 그런 행태들이 '위화감을 조성'한다고 경고한다. 따라붙는 시민들의 인터뷰들도 이를 성토하는 분위기다. 이 경우의 위화감은 뭔가 조화되지 못한다는 느낌을 넘어 '저들이 나와 다르다는 느낌'을 뜻한다. 결국 한국인은 남이 나와 다르다는 느낌에서 불편한 감정을 받는다는 것이다.

그런데 한국인은 위화감을 느끼는 범위가 상당히 넓다는 특징이 있다. 이를테면 사람들은 자기 주변 사람들에게서뿐만 아니라 재벌가나 특급 스타들에게도 강한 위화감을 느끼는 것처럼 보인다. 그들이 재력으로 보나 스타성으로 보나 전략적으로라도 보통 사람들과는 다른 모습을 보여야 하는 이들임에도 불구하고 그렇다. 사실 그 돈이 제대로 된 방법으로 번 것이라면 그들의 행태에 우리가 불편함을 느낄 이유는 없다. 그러나 한국인들의 위화감은 그러한 기준과는 관계없이 광범위하게 나타난다.

반면 어떤 문화들에서는 위화감이 별로 중요하게 생각되지 않는다. 예를 들어 영국에는 전통적 신분 계층이 여전히 존재하고 특정 계층만 출입할 수 있는 클럽이 있는데, 이 계층에 속하지 않는 사람들은 자신이 그 클럽에 들어가지 못한다는 것에 별 불만이 없다. 만약 한국에서 의사나 변호사 같은 특정 직업군만 출입 가능한 업소가 생긴다면 당장 난리가 날 것이다.

한국인들의 이러한 경향을 사회학자들은 '평등주의'라 명명하고 있다. 평등주의라 하면 개인과 개인 사이, 집단과 집단 사이에 차별을 인정하지 않고 동등한 대우나 권리를 주장하는 입장을 뜻하지만, 한국 평등주의의 속성은 그것이 매우 개인적인 차원이라는 점에서 독특하다. 강준만 교수는 이것이 "자식 교육 잘 시켜 신분 상승 꾀해보자"는 식의 개인적 평등주의임을 강조한다.

한국의 문화적 맥락에서 사람들은 (주로 경제적으로) 나보다 나은 상태에 있는 이들에 대해 불편한 감정을 느끼고 그들과 같은 상태가 되고자 하는 강한 욕망을 갖는다.

심리학에서는 이러한 느낌을 '상대적 박탈감'이라는 용어로 설명한다. 상대 박탈 이론은 지각된 불공정과 불형평의 맥락을 분석하기 위해 사용되어왔다.

상대적 박탈감은 객관적 박탈, 규범적 박탈, 주관적 박탈의 세 가지 차원에서 경험될 수 있다. 객관적 박탈은, 의식주와 관련된 객관적 생활 조건상에서의 결핍이고, 규범적 박탈은 해당 사회가 사회 유지를 위한 규범으로 인정하고 있는 선(예를 들어 최저 생계비) 이하의 결핍을 의미하며, 주관적 박탈은 개인의 주관적 기준에 의해 특정 집단이나 개인과 비교했을 때 경험되는 결핍을 뜻한다.

여기서 객관적 박탈과 규범적 박탈은 자신의 상태가 어떤 절대적 기준에 미치지 못하기 때문에 발생하는 느낌이다. 이러한 종류의 박탈감은 사회 유지 차원에서 반드시 해결되어야 하며 모든 사회는 이 문제를 해결하기 위한 시스템을 가지려 한다.

문제가 되는 것은 상대적 박탈감의 마지막 차원, 즉 주관적 박탈감이다. 개인의 주관적 경험은 객관적 기준이 없기 때문에 말 그대로 '앉으면 눕고 싶고 누우면 자고 싶은' 욕망의 위계를 따른다. 10을 가진 사람은 50을 가진 사람을 부러워하고, 50을 가진 사람은 100을 갖고 싶어 하기 마련이다. 이러한 경향은 문화와 관계없이 어느 정도 보편적으로 나타난다.

그러나 상대가 내가 갖지 못한 것을 가졌다고 해서 무조건 기분이 나빠지는 것은 아니다. 크로스비라는 학자는 상대적 박탈감의 요건을 다음과 같이 세분화했다. ①내가 원하던 대상 X를 ②자기 이외의 누군가가 소유하고 있으며 ③자신이 X를 소유할 자격이 있었음을 느끼고 ④자신이 X를 소유할 수 있었다고 생각하며 ⑤X를 소유하지 못한 것에 대한 개인적 책임감을 갖지 않는 경우다.

주목해야 할 부분은 ③~⑤의 심리적 과정이다. 자신이 무언가를 소유할 자격이 있고, 소유할 수 있었으며, 자신에게 그걸 갖지 못한 책임이 없다고 생각하면 상대적 박탈감이 발생한다는 것이다. 한국인들에게 위화감 혹은 상대적 박탈감이 중요하다는 것은 한국인들에게 이러한 심리 과정이 나타난다는 뜻이다.

실제로 한국인들은 누군가 무언가를 가진 것을 보면 자신도 그것을 가질 자격이 있고, 내가 그걸 갖지 못한 이유를 나 외의 다른 곳에서 찾는 경향이 있다. 예를 들면 재벌들은 부정한 방법으로 돈을 벌었고 그들이 정당하게 부를 분배했으면 그 돈은 열심히 일한 나에게 왔을 것이기 때문에 나는 재벌들이 누리고 있는 것들을 누릴 자격이 있다는 것이다.

그리고 이는 어느 정도 사실이다. 많은 한국의 재벌들은 우리 사회가 혼란하던 시기에 정경유착 등의 부정한 방법으로 현재의 부를 축적했고 오랜 시간 동안 한국인들은 노동에 대한 정당한 대가를 받지 못했다. 한국 사회는 세계 6대 무역대국이라는 외형적 규모에 비해 절대적 박탈의 기준이 되는 최저 임금이나 사회적 안전망의 수준은 그에 한참 미치지 못하고 있다. 우리 모두가 행복해지려면 이런 부분에 대한 개선은 반드시 이루어져야 한다.

하지만 한국인들이 행복하지 못한 이유는 개개인이 절대적 빈곤에 시달리기 때문이 아니라, 가진 것과 가질 수 있는 가능성에 대한 괴리 때문이다. 행복은 객관적 조건과 주관적 기대의 비율에서 결정된다는 견해를 기억하는가. 내가 가진 것이 아무리 많아도 더 많은 것을 바란다면 행복을 맛볼 가능성은 없다.

그러나 한국인들은 남의 것을 부러워하고 가진 것에 만족하지 않으니 행복해지기 어려운 마음의 습관을 가지고 있다고 결론 내릴 생각은 없다. 더 가지고 싶다는 욕망은 불행의 씨앗이 될 수 있지만 반대로 행복의 원천이 되기도 한다. 삶의 목적, 살아갈 이유가 되기도 한다.

더 가질 수 있다면 더 가질 수 있어야 한다. 내가 더 가지기 위해 남의 것을 뺏거나 법을 어기는 것은 문제이겠지만, 정당한 방법으로 남에게 해 끼치지 않으면서 피나게 노력했다면 당연히 더 가질 수 있어야 하지 않을까.

행복을 느끼기에는 이 정도면 되기 때문에 더 가질 생각하지 말고 가진 것에 감사하라는 말은 왠지 찝찝하다.

한국인들은
한국인이어서 불행하다

한국인들은 멋진 풍경을 보면 이렇게 말한다.

"우와, 외국 같아요!"

"우리나라에 이런 데가 있었어?"

"우리나라 안 같아!"

이런 대답은 우리나라에는 멋진 풍경이 있을 리가 없다는 인식에서 나온다. 사람들은 한국엔 볼 게 없다고 말한다. 때 묻지 않은 광활한 자연의 북미, 이국적이고 아름다운 동남아시아의 바다, 인간을 겸손하게 하는 히말라야의 설산, 가슴이 탁 트이는 몽골의 초원…. 이런 데에 비해 우리나라는 코딱지만 한 땅덩어리에 성냥갑 같은 아파트나 늘어서 있고, 조금만 교외로

나가면 모텔투성이, 바다는 땟구정물에 물 반 사람 반이요, 야트막한 산들은 동네 뒷산이고 강아지 오줌처럼 찔찔 흐르는 물줄기가 폭포…. 이런 것들을 보느니 외국에 나가는 게 낫다는 것이다.

자기 동네에 대해서도 마찬가지다. 나는 대전에 사는데, 대전은 울산과 함께 한국의 대표적인 노잼 도시로 꼽힌다. 볼 것도 할 것도 없어서 재미가 하나도 없다는 얘긴데, 그런 말을 만든 게 대전 사람들이다. 다른 지역에서 친구들이 오면 몇 군데 없는 번화가에서 조금 놀다가 성심당에서 빵 사서 보내면 끝이라는 거다. 참고로 성심당은 대전에 있는 국내 3대 빵집으로 꼽히는 명소다. 그런데 대전에 좀 오래 산 분들은 성심당도 맛없어서 안 가신단다. 인터넷에는 우리 동네에는 볼 게 하나도 없고 맛집으로 알려진 집들도 다 별로라는 지역 정보(?)들이 넘쳐난다.

가장 빨리 불행해지는 방법은 자신이 사는 곳을 하찮게 여기는 것이다. 한국인들이 행복을 느끼지 못하는 이유는 그들이 실제로 지옥에 살고 있기 때문이다. '헬조선'. 우리의 행복 수준을 짐작할 수 있는 용어다. 스스로 지옥에 산다고 믿는 이들이 행복해질 가능성은 없다.

물론 대한민국이 지상 낙원은 아니다. 한국은 사회 안전망이나 최저 임금, 노동 시간 등 여러 객관적인 지표에서 아직 부족한 점이 많다. 실제로 2018년 UN이 발표한 〈세계 행복 보고서〉에 따르면 한국인들의 행복도를 낮추는 것은 지나친 경쟁과 취약한 사회 통합, 개인의 적성과 소질에 맞지 않는 직업 선택, 부정부패와 정책 운용 절차의 불투명성 등이었다.

그러나 이런 부분들은 꾸준히 개선되어왔고 또 나아질 수 있는 분야들인 데 반해 자신이 생지옥에 산다는 생각은 쉽게 바뀔 것 같지 않다.

우리를 지옥 주민으로 만드는 마음의 습관들을 몇 가지 더 살펴보자.

어딘가에 사람들이 많이 몰린다는 기사에는 거의 "한국엔 할 게 없어서 그런다"는 댓글이 발견된다. 그것도 높은 추천 수로. 그렇다. 올해 산천어 축제는 갈 곳 없는 사람들이 175만 명이나 몰렸다. 주말에 산들이 등산객으로 가득 차는 이유도 갈 데가 없어서이고, 강과 바다에 낚시꾼들이 몰리는 이유도 갈 데가 없어서다.

프로야구 관객이 몇백만 명이 넘는 이유는 '하고 놀 게 없어서'이고, 이 좁은 나라에 천만 영화가 많이 나오는 이유도 '딱히 할 게 없어서'다. 한국인들이 게임대회에서 우승을 휩쓰는 것은 청소년들이 게임밖에 할 게 없어서 그렇고, 술을 많이 마시는 것도 건전한 놀이 문화가 없어서 그렇고, 뮤지션들의 공연에서 떼창을 부르는 이유도 평소에 하고 놀 게 없어서 그렇다.

가만… 정말 하고 놀 게 없다고? 산에도 가고, 낚시도 하고, 영화도 보고, 야구도 보러 가고, 술도 마시고, 공연도 보는데? 할 게 없고 갈 데가 없어서 이런다는 현상들을 쭈욱 모아놨더니 세상에, 한국인들은 이렇게 다양한 걸 하고 있다. 이래도 할 게 없다는 사람들은 뭘 더해야 만족할 수 있을까?

행복할 수 없는 마음의 습관은 여기서 그치지 않는다. 한국인들은 즐거운 일, 좋은 일에서 끝내 부정적인 면을 찾아내고야 만다. 영화 〈극한직업〉의 관객이 1600만 명을 넘었다. 한국 코미디 영화 사상 최고의 흥행 기록이다. 이 영화는 처음부터 끝까지 정신없이 웃을 수 있는 영화다. 하지만 이런 영화를 보고도 행복해지지 않는 사람들이 있다. '대놓고 웃기려고 만들어서 흥행한 거다. 한국 영화는 다 신파 아니냐.' '얼마나 웃을 일이 없으면 사람들이 그렇게 많이 봤겠느냐. 씁쓸하다', '영화 스탭들 대우가 얼마나 형편없는 줄 아느냐, 저렇게 흥행해도 돈은 버는 놈들만 번다'….

해외 스포츠 스타나 자신의 분야에서 큰 업적을 남긴 유명인의 소식을 보면 '한국에서는 저런 사람이 나올 수 없다. 부정부패로 안 썩은 곳이 없고 한국 사람들은 서로 깎아내리려고 안달이 나 있기 때문에…'라고 울분을 토하고, 반대로 한국에서 세계적으로 주목받는 사람이 나와도 '저 사람이 다른 나라에서 태어났으면 더 유명해졌을 텐데 하필 이런 나라에서 태어나서 안 됐다'는 식의 반응이 뒤따른다.

한국에서 범죄가 일어나면 우리나라의 시스템과 문화와 국민성 때문이고, 외국에서 범죄 소식이 들리면 '우리도 똑같다', '우리나라는 나을 줄 아느냐?', '여기는 더한 놈들이 널렸다'라고 생각한다.

이런 경향은 심지어 실제로 일어나지 않은 일에도 적용된다. 뉴트리아나 황소개구리 같은 생태 교란종이 창궐한다는 소식에는 '한국인들은 건강에 좋다고 소문만 나면 싹 멸종시킬 거라는' 예언이, 일본에 지진이 났는데 사람들이 질서 있게 대응했다는 뉴스에는 '한국에 지진이 났으면 난장판이 되었을 거라는' 예측이 당연한 듯 댓글에 올라오고 많은 추천을 받는다.

한국은 도대체 뭐 하나 긍정적인 구석이 없는 나라다. 볼 것도 없고 할 것도 없고 사회는 안 썩은 데가 없고 사람들은 미개하고 여름엔 너무 덥고 겨울엔 너무 춥고 미세먼지에 방사능에 주위에는 나쁜 나라밖에 없는데 우리나라는 초라하고 미약하다.

한국인들은 한국인이어서 불행하다. 그렇다면 행복해지기 위해서는 한국인이 아니어야 한다는 결론이 나온다. 역시 이민만이 답일까?

이런 마음 습관으로는 여기 살면서 행복해질 수 있는 방법이 없다.

억울한 일이 너무 많아서
억울해

한국인들은 억울하다는 말을 자주 쓴다. '억울'이라는 말이 쓰이는 맥락은 대개 자신에게는 잘못이 없는데 부당한 취급을 당했거나, 그럴 의도가 없었는데 나쁜 결과로 이어지는 경우다.

'억울'이란 단어는 역사적 사료에서도 드러나는데《조선왕조실록》에는 5816건,《승정원일기》에도 5159건이 사용된 것으로 나타났다. 대개 "○○○가 억울함을 호소하여 다시 심의하게 하였다" 내지는 "백성들의 억울함을 없게 하기 위해 재심이나 사면 등의 조치를 취했다"는 내용이다.

한국인들에게 '억울'이 중요하다는 것은 신문고(申聞鼓), 격쟁(擊錚) 등 백성들이 억울함을 왕에게 직접 고할 수 있는 제도가 있었다는 데서도 알 수 있다.

신문고는 조선 태종 1년(1401년)에 처음 설치되었는데, 신문고를 쳐 접수된 사안은 5일 이내에 응답하도록 하였다. 서울에 오기 어렵거나 그 5일도 기다리기 힘든 경우에는 신문고 외에도 격쟁이라는 제도를 이용할 수 있었다. 격쟁이란 '징(혹은 꽹과리)을 친다'는 뜻인데, 왕이 행차할 때 징이나 꽹과리를 쳐서 행차를 멈춰 세우고 자신의 사연을 왕께 직접 고하는 제도다. 이렇듯 역사적으로 백성의 억울함은 국정 운영에 매우 중요하고 또 신속하게 처리되어야 하는 사안이었던 것이다.

'억울'은 한자로 '抑鬱'이라 쓰는데, 이는 문자 그대로 억눌리고 침울한 상태를 뜻하는 말로 보통 '우울(depression)'로 옮겨진다. 그러나 한국인들이 억울을 사용하는 맥락은 우울과는 전혀 다르다. '억울'에 '하다'가 붙은 '억울하다'의 경우, 표준국어대사전에서는 "사람이 처한 사정이나 일 따위가 애매하거나 불공정하여 마음이 분하고 답답하다"라고 풀고 있다.

우울(憂鬱)이 근심스럽거나 답답하여 활기가 없는 상태를 의미한다면, 억울은 답답하다는 뜻과 더불어 분하다는 정서가 뒤따른다는 점에서 다르다. '분(憤)하다'는 스스로 인정하거나 수용하기 어려운 불쾌·불행한 사건을 받아들여야 하는 데서 오는, 원망스럽고 마음 아픈 감정이다. 따라서 억울하다는 말은 자신이 겪은 어떤 일이 불공정하여 그것을 받아들이기 어렵다는 뜻이 된다.

한국 문화에서 억울은 주로 정신 건강상 좋지 않은 상태와 관련이 있다. 우선 억울은 화병의 원인으로 언급되어왔다.《정신장애의 진단 및 통계 편람: DSM-IV(제4판)》에 따르면 '화병(火病, Hwa-Byung)'은 한국의 문화적 증후군으로 일종의 '분노 증후군(anger syndrome)'이라 볼 수 있으며, 증상에는 불면증, 피로, 공황, 곧 죽을 것 같은 공포, 불쾌한 정동, 소화 불량, 거식증, 호흡 곤란, 심계 항진, 일반화된 통증, 상복부에 덩어리가 있는 느낌 등이 포함된다.

화병은 억울한 감정을 제대로 발산하지 못하고 억제함으로써 발생하는 병으로 알려져 있는데, 정신의학에서는 화병의 원인을 분노와 같은 감정의 억제에서 기인하는 것으로 추정한다. 억울로 인한 분노를 발산하지 못하는 데서 화병이 발생하는 것이다.

한국에서 억울과 관련된 또 한 가지 문화적 현상은 자살이다. 한국에서는 정치나 경제 스캔들에 연루된 관계자들이 피의 혐의를 받은 후나 조사 과정에서 억울하다는 메시지를 남기고 자살을 하는 사례를 어렵지 않게 찾아볼 수 있다.

즉, 억울이란 결국 화병이나 자살이나 행복과는 거리가 먼 상태를 유발하는 매우 부정적인 감정이다. 한국인들이 억울함을 자주 경험한다는 것은 낮은 행복도와도 분명 관계가 있어

보인다. 한국인은 왜 억울함에 민감한 것일까?

문화심리학에 따르면 억울은 자신이 당한 부당한 피해를 받아들일 수 없다고 생각할 때 경험되는 정서다. 억울의 정서는 우선 억울함을 느끼게 만든 상대에 대한 분노로 나타나지만. 분노 외에도 어쩔 도리가 없다는 자책과 절망감 같은 자기초점적 정서나 상대방에 대한 배신감이나 서운함 같은 관계적 정서도 복합적으로 나타난다.

특히 이러한 복합적 정서는 억울함의 해소 여부와 관계없이 여전히 미해결된 상태로 남아 있기 쉬운데, 한국의 문화적 증후군으로 손꼽히는 화병은 이렇게 해결되지 않은 정서들과 밀접한 관련이 있을 것이라 생각된다.

한국은 집단주의 문화권에 속하면서 유교적·가부장적 전통과 관계주의를 기반으로 하는 수직성이 강하기 때문에, 부정적 정서의 개인적 표현을 강하게 금기시하는 정서표현규칙을 가지고 있다. 이러한 문화적 배경에서 한국 사람들은 일상생활 속에서 정서 표현을 억제하고 조절해야만 하는 상황을 더 많이 접할 수밖에 없다. 억울함을 화병의 주요 원인이라고 보는 정신의학계의 논의들은 억울의 정서억제적 측면을 뒷받침한다.

즉, 한국인들은 직접적인 정서 표현이 규제되는 문화적 속성으로 인해 자신에게 손해가 발생하는 상황에 따르는 부정적 정서들을 그대로 표현하기보다는 억제하거나 '억울'이라는 말을 통해 간접적으로 표출할 가능성이 높고, 특히 관계를 해칠 위험성이 큰 분노 정서는 억제하려는 압력이 더 강하기 때문에 병리적인 현상으로까지 발전한다고 볼 수 있을 것이다.

그렇다면 한국인들이 억울함을 많이 느끼는 것은 부정적 정서 표현을 억제하는 한국의 문화 때문일까? 한국 사회가 좀 더 공정해진다면 한국인들은 억울을 덜 경험하고 행복에 가까워질 수 있을까?

물론 현재 한국 사회는 여러 곳에서 공정하지 못한 모습이 많다. 하지만 우리 사회가 완전히 공정해진다고 하더라도 한국인들이 억울함을 덜 느낄 것 같지는 않다. 일례로 억울함을 호소하는 이들 중에는 누가 봐도 그 사람이 잘못한 경우도 많다. 국정농단으로 헌정 사상 초유의 사태를 초래한 최순실조차도 법정에서는 억울을 호소했다. 법원 미화원 아주머니께 "염병하네(×3)"라는 소리를 듣긴 했지만.

한국인들이 억울에 민감한 것은 우리의 마음 경험 방식이 그러하기 때문이다. 자신의 경험을 주관적으로 해석하는 경향이 강한 한국인들은 자신에게 닥친 부정적인 사건을 부당하다고 판단하기 쉽다. 평소에 부당한 일을 많이 겪는다고 생각하는 사람이 행복하기 힘든 것은 당연한 일일 것이다.

그러나 억울에는 부정적인 기능만 있는 것은 아니다. 한국인들에게 억울은 분노의 억제보다 표출에 가까우며, 부정적 정서의 간접적인 표출은 이를 쌓아두고 억제하는 것보다 정신 건강에 도움이 된다. '억울하다'고 소리 높여 외치는 것은 답답한 마음의 표출이자 상황의 부당함을 사회적으로 알리는 소통의 방법이 되기도 한다. 따라서 억울함을 많이 호소하는 이들은 자신의 상황을 개선할 여지 또한 늘 가능성이 크다.

우리가
실패를 받아들이는 방식

한국인들이 자주 느끼는 정서 중 하나는 씁쓸함이다. 문화심리학자로서 그렇게 생각하게 된 계기가 있다.

김연아 선수가 밴쿠버 올림픽에서 금메달을 땄을 때, 그 기쁘고 좋은 일 앞에서 많은 한국인은 씁쓸함을 맛보았다. '씁쓸하네요'로 시작되는 네티즌들의 반응은 대개 김연아 선수가 다른 나라에서 태어났으면 고생 안 하고 더 일찍 성공했으리라는 것이었다. 충분한 지원을 해주지 않은 빙상연맹에 대한 욕과 피겨에서 특히 심한 일본의 견제를 막아주지 못한 한국의 국력에 대한 탄식도 빠지지 않았다.

행복해지기가 이렇게 어렵다. 다른 여러 나라의 해설자들이 말했듯이 세계적인 피겨 여왕과 동시대를 살면서 그의 연기를 볼 수 있다는 것만으로도 감사할 일이건만 적지 않은 한국인들은 같은 사건을 두고 굳이 씁쓸함을 끌어올린다.

물론 빙상연맹은 욕을 먹어야 하고 불투명한 행정과 불공정한 운영은 반드시 개선되어야 할 일이다. 국력이란 게 뭔지, 어디까지 올라가야 만족할 수준인지는 알 수 없으나 한국의 국력도 커진다면 뭐 좋은 일일 것이다. 하지만 김연아 선수가 그 모든 고난을 극복하고, 심지어 일본의 라이벌 아사다 마오를 이기고 금메달을 딴 날조차 행복을 느낄 수 없다면 우리가 일상에서 행복해지기는 정말 어려운 일이 아닐 수 없다.

한국인들을 행복에서 멀어지게 하는, 씁쓸함의 정체는 무엇일까.

씁쓸함은 쓴맛이다. 한약재나 씀바귀 같은 나물을 먹었을 때 나는 맛이다. 그런데 한국에서는 이 말이 기분을 나타내는 표현으로 널리 쓰이고 있다. 유쾌하지 못하고 언짢다는 뜻이다. 한국인들이 씁쓸하다는 말을 많이 쓰는 이유는 어떤 면에서든 유쾌하지 못하고 언짢은 일이 많다는 얘기일 것이다.

쓴맛, 씁쓸한 맛은 "인생의 쓴맛을 봤다"처럼 실패나 좌절 경험에서 비롯되는 감정이다. 그렇다면 한국은 개인이 실패와 좌절을 겪을 확률이 유난히 높은 나라일까? 이런 종류의 경험은 통계로 잡힐 성격이 아니다. 나의 성공과 실패는 철저히 주관적인 것이기 때문이다.

연봉이 4,000만 원인 사람이 있다고 하자. 그는 성공한 것인가 실패한 것인가. 연봉이 1억 원인 사람에 비하면 실패했다고 할 수 있지만 2,000만 원인 사람보다는 성공했다고도 볼 수 있을 것이다.

그런데 연봉은 성공과 실패의 기준이 될 수 있을까? 예를 들어 연봉 1억 원인 사람은 가족도 없이 외롭게 살고 있지만, 연봉 2,000만 원인 사람은 가족과 함께 알콩달콩 살고 있다면 누가 더 성공한 사람일까? 그런데 다시 한 번 생각해보자. 혼자 사는 사람은 외로울까? 가족과 사는 것이 성공의 여부를 가를 수 있을까? 이렇듯 성공과 실패는 그 기준을 어디에 잡느냐에 따라 천차만별이다.

그렇다면 씁쓸함이란 객관적 조건이 아니라 한국인들의 감정 경험 방식, 즉 마음의 습관과 관련 있다고 보는 것이 옳을 것이다. 실패와 좌절은 문화와 관계없이 누구에게나 고통스러운 느낌을 준다. 그러나 그것을 해석하고 받아들이는 과정에서 한국인들은 '씁쓸하다'는 심상을 떠올리는 것이다.

문화심리학자 최상진에 따르면 씁쓸하다는 감정은 한(恨)과 관련 있다. 한이 한국적 정서라고 하면 거부감을 가지는 사람도 많은데, 결론부터 말하자면 이는 오해다. 어떤 정서가 한국적이라는 이야기는 한국인들이 특정 맥락에서 문화적으로 어떤 사건을 경험하는 방식이 있다는 뜻이지, 세상 사람 중에 한국인들만 한을 느낀다거나 한국인들만 좌절스럽고 고통스러운 역사 속에서 살아왔다는 뜻은 아닌 것이다.

아무튼 최상진은 한을 크게 정서(emotion) 수준의 한, 정조(sentiment)로서의 한, 성격 특질(trait)로서의 한이라는 세 개의 차원으로 구분했다. 정서 수준의 한은 억울함, 분함, 울화 등의 정서이며, 정조로서의 한은 문학이나 예술에서 표현되는 바와 같이 외로움, 쓸쓸함, 자책감 등의 감정을 의미한다. 마지막으로 성격 특질로서의 한은 감정 수준 혹은 정조로서의 한이 내면에 스며들어 인생 무상, 체념, 현실 초월 등 세상을 대하는 방식으로 나타나는 것을 뜻한다.

여기서 쓸쓸함이란 감정은 정조 혹은 성격 수준의 한에 해당한다. 쓸쓸하다는 자조(自嘲)와 자탄(自嘆)의 감정이다. 실패나 좌절을 만나면 사람들은 우선 분노한다. 자신의 실패를 받아들이기 힘들기 때문이다. 그 원인이 불공정했다고 생각되면 더욱 괴롭다. 그러나 이런 상황은 쉽게 역전되지 않고, 계속해서 이런 격렬한 분노를 지니고 살아갈 수는 없다.

이 경우에 한국인들은 실패와 좌절의 원인을 자신에게 돌림으로써 분노를 견딜만 한 것으로 만드는데, 이때 경험되는 감정들이 자책과 자탄의 정서들이다. 내 탓이다, 내가 힘이 없고 못난 탓이다. 상황을 바꾸기 위해 할 수 있는 일이 없다는 무기력감과 함께 그러한 상황을 초래한 자신에 대한 자책감이 솟아오른다. 격렬한 분노는 가라앉았지만 왠지 모를 씁쓸함이 혀끝에 맴돈다.

이렇듯 한국 문화에서 한은 실패와 좌절에 대처하기 위한 감정 통제의 기능을 해왔다. 한국인들이 씁쓸함을 곧잘 느낀다는 것은 이런 문화에서 살아왔기 때문이다. 그러나 한의 기능은 여기서 그치지 않는다. 실패와 좌절을 내 탓으로 귀인했다는 사실은 중요한 의미가 있다. 내 탓이기 때문에 어쩔 수 없다는 뜻도 되지만 지금부터 그것은 내가 하기 나름이다. 다시 말해, 잃어버린 상황에 대한 통제력이 회복되는 것이다. 이전에는 내가 힘이 없어서 당했지만 이제 내가 힘을 키우면 상황은 역전될 수 있다는 논리가 성립된다.

씁쓸함은 말 그대로 장작더미 위에 누워 쓸개를 핥았다는 '와신상담'의 맥락에서 큰 에너지로 작용할 수 있다. 하지만 자책과 자탄, 자조에 그친다면 자신이 행복하지 않은 것은 물론이거니와 그 상황을 개선하기 위해 선택할 수 있는 일 역시 아무것도 없을 것이다.

쉽게 반성하는 본능

한국인들은 반성을 많이 한다. 학창 시절에 반성문깨나 써본 이들이 많아서일까. 인터넷 기사나 커뮤니티에서 '반성해야 한다'는 댓글들을 수시로 발견할 수 있다. 개중에는 문제를 일으킨 당사자에 대한 반성을 촉구하는 반응도 있지만, 대개는 '우리도 반성해야 한다'는 자기 반성 류가 많다.

불꽃축제가 끝난 후 길가에 쓰레기가 버려져 있다고 부끄러운 시민의식에 대한 반성을, 정치인들이 또 싸운다는 기사에는 저런 사람들을 뽑은 국민도 반성해야 한다는 반응이 빠지지 않는다. 송파 세 모녀 사건 등 우리 사회의 어두운 면을 드러내는 사건에 대해서는 소외받는 이웃을 돌아보지 않는 우리의 각박함을 반성하고, 한국 교육의 문제를 다룬 《SKY 캐슬》 같은 드라마를 보면서도 저들의 행태는 곧 우리의 모습이라며 반성한다.

외국 소식에서도 반성은 계속된다. 일본에 히키코모리가 많다거나 영국에 훌리건이 있다는 등 해외 토픽 수준의 외국 사례를 보고도 우리도 나은 것이 하나 없다며 반성해야 한다는 분들이 꼭 있다.

반성은 스스로 돌이켜 살펴본다는 뜻이다. 한국인들은 반성을, 자신이 한 일의 잘잘못을 따져 과오를 뉘우치고 앞으로 그런 일이 없도록 다짐한다는 의미로 쓴다. 반성은 부정적인 정서를 동반하는 고통스러운 과정이다. 먼저 나의 실수나 과오를 기억 저편에서부터 끌어올려 드러내야 한다. 부끄럽고 후회스럽고 자괴감이 들지만 그런 일을 한 사람이 나라는 것을 인정할 때 반성은 시작된다. 다음에는 자신의 행위를 사회적, 내면적 기준에 비추어 어느 면이 잘못되었는지 확인하여 다시는 같은 일이 반복되지 않도록 자신의 사고방식과 행위를 전면적으로 수정해야 한다.

이러다 보니 반성은 '통렬'하고 '절절'할 수밖에 없는데, 반성한 이후에도 같은 실수나 과오가 반복된다면 반성을 제대로 하지 않은 탓이고, 달리 말해 자신이 한 다짐도 지키지 못한 형편없는 인간이라는 것을 세상에 드러내는 꼴이기 때문이다. 이런 치열한 과정을 하루에도 몇 번씩 치러내야 하니 한국인들이 행복감을 느낄 일이 드물 수밖에 없다.

한국인들은 왜 이렇게 반성을 많이 하는 것일까? 쉽게 말하자면 '좋은 사람'이 되기 위해서다. 문화심리학자 최상진은, 한국인들은 '남과 다른 나'가 아닌 '남보다 나은 나'를 만들어가는 것이 중요하다고 주장한다.

한국과 같이 관계가 중요한 사회에서 마음은 그가 상호작용하는 대상과 상황에 따라 달리 경험된다. 개인은 관계 속에서 자신의 위치를 찾아야 하며 사회 속에서 개인의 지위는 그가 맡은 역할에 의해 결정된다. 따라서 한국인들은 다양한 대상과 상황에 맞는 적절한 행위 양식에 대한 많은 규칙들을 발달시켰는데, 이것이 우리가 말하는 예절(禮節)이다. 예의 바르게, 예절에 맞게 행동해야 한다는 것은 개인의 행동이 사회 질서나 목표에 적합해야 한다는 뜻이다.

최상진은 이를 사회 지향적 자기관이라고 설명한다. 따라서 한국인들은 성숙한 사람일수록 사회 질서와 원리에 맞게 자신을 돌아보고 수양하는 것을 바람직하게 생각하게 되었다. '수신제가(修身齊家)' 후에 '치국평천하(治國平天下)'인 것이다. 그러다 보니 나라를 다스리거나 천하를 평정할 일이 없는 보통 사람들도 보편적 원리에 비추어 자신을 반성하는 일에 익숙하다.

그럼 서양 사람들은 반성을 안 할까? 물론 그럴 리는 없다. 하지만 그들이 반성하는 것은 다른 맥락이다. 서양이라고 묶기에는 범위가 넓지만 일단 영어권의 경우만 살펴보자.

'반성하다'는 영어로 'reflect'라고 번역되는데 우리말의 '반성'과는 어감이 많이 다르다. 'reflect'의 원뜻은 무언가를 명백히 하다(manifest), 처음의 상태로 돌려놓다(bring back to the point of departure)이며, 소리나 이미지가 사물에 반사(반영)되는 것을 뜻하기도 한다.

물론 우리말의 '반성하다'라는 뜻으로 사용되는 경우도 있지만 기본적으로는 거울에 뭔가를 비추듯이 있는 그대로를 '확인'하는 의미가 강하다. 따라서 영어의 자기 반성, 즉 'self-reflection'은 자신의 행위를 자기(self)에 비추어본다는 뜻으로, 자신의 과오를 돌아본다는 뜻이 강한 우리의 '반성하다'와는 의미가 다르다. 행위 자체의 옳고 그름과는 상관없이 그 행위가 자신의 'self'라는 것에 적합한지, 다시 말해 얼마나 나다운 것이었는지 판단하는 것이 'self-reflection'인 것이다.

이는 자기 자신을 인식하는 방법의 차이에서 비롯된다. 서구의 개인주의 문화권에서는 자신을 다른 이들과 독립적인 존재로 바라본다. 이들의 언어에는 대개 '셀프(self)'에 상응하는 단어가 있는데, 셀프란 오랫동안 자신의 행위를 제3자의 입장에서 관찰하여 구축한 객관적인 실체이며, 개인이 하는 모든 행위의 기준이 된다.

그러나 한국처럼 관계와 맥락을 중시하는 문화에서는 상

황을 초월해 행위에 일치시켜야 하는 셀프를 구축할 필요가 없다. 한국인에게 중요한 것은 자신의 마음을 사회적 가치와 일치시키며 상황에 따른 적합한 행동을 보이는 것이다. 우리말에 '셀프'에 상응하는 말이 없는 것은 이 때문이다.

한국인에게 반성은 자신을 인식하는 과정이자 더 나은 존재가 되고자 하는 욕망의 발현이다. 반성이 부끄러움, 후회 등의 부정적인 정서들을 동반한다 하더라도 피할 수 없는 우리 마음의 습관인 것이다.

그리고 반성은 어쨌거나 더 나은 사람이 되기 위한 과정이다. 반성의 긍정적인 면을 생각한다면 반성으로 인한 부끄러움 같은 부정적 감정들을 우리가 불행하다는 증거로 생각할 수 있을까?

쿨병 진단기

'쿨하다(차갑다, 시원하다)'라는 말은 영어 단어 'cool'에 '-하다'가 붙은 말로, 어느덧 국어사전에까지 올라가 있는 말이다. 꾸물거리거나 답답하지 않고 거슬리는 것 없이 시원하다는 뜻이다.

우선 쿨하다는 느낌은 긍정적 정서에 해당한다. 쿨한 사람은 시원시원하고 멋져 보인다. 문제는 이러한 태도가 지나칠 때다.

쿨병이란, 쿨함이 지나쳐 병이 됐다는 뜻인데 적당하면 좋을 쿨함이 뭔가 정상 범주를 넘어섰다는 얘기다. 물론《정신장애의 진단 및 통계 편람》등에는 없는 진단명이지만 독자 여러분의 이해를 돕기 위해 인터넷에 정리된 쿨병 항목을 참조하여 나름대로 정리해보았다.

쿨병의 첫 번째 증상은 어떤 사안에 대해 '너도 잘못했고 쟤도 잘못했다'라는 식의 양비론적 태도를 취한다. '결국 다 똑같은 놈들이다', '어차피 그렇게 가게 돼 있어' 등도 쿨병 환자들이 흔히 하는 말이다.

두 번째 증상은 자신의 부적절한 처신이 드러났음에도 불구하고 쿨한 사람임을 자처하며 방관자처럼 행동하는 것이다. 예를 들어 한 연인이 있는데 바람을 피우고도 '우리 쿨한 사이잖아', '왜 이래? 쿨하지 못하게'처럼 말하는 것 등이다.

세 번째 증상은 궁지에 몰린 상황임에도 자신은 아무렇지도 않음을 애써 어필하면서 쿨한 척 넘어가려고 한다. 논쟁을 하다가 갑자기 화제를 돌리거나 양비론을 펼치는 행동 등을 들수 있다.

쿨병은 자신이 상대보다 우월하다는 것을 과시하기 위해 나타난다. 문화심리학자로서, 쿨병은 자신의 가치를 높이 평가하고 다른 이들에게 영향력을 행사하기 원하는 한국인들의 성격 유형에서 비롯된 병리적 행위 양식이라 볼 수 있을 것 같다. 그렇기 때문에 이들은 자신의 우월성에 위협을 받으면 상대방을 깎아내리거나 어떻게든 자신의 행동을 합리화하려는 경향을 보인다.

쿨병 환자들은 자신의 견해가 무조건적인 진리라고 생각

하면서 자신의 생각에 동의하지 않는 사람들을 저급한 부류로 취급한다. 자신은 냉철하고 합리적인데 상대방은 감정적이고 비이성적으로 대응한다는 식이다. 게다가 쿨하다면서 자신에게 가해지는 비판은 또 참지 못하는 모순적인 모습을 보이기도 한다.

그런데 행복의 관점에서 아이러니하게도 쿨병 환자 본인들은 행복할 가능성이 있다. 쿨함이란 정서 자체는 긍정적이기 때문이다. 자기들 말 때문에 다른 사람 속에서는 천불이 솟건 말건 쿨병 환자들은 자신이 다른 사람들보다 잘났다는 우월감으로 행복할 것이다.

하지만 정신 장애의 진단 기준에는 정신 장애 자체의 병리적 증상뿐만 아니라 자신과 주변인들의 적응과 행복도 포함된다. 예를 들면 강박성 성격을 가진 사람들은 물건을 줄 맞춰 정리하고 이불의 각을 잡으면서 행복을 느낀다. 그러나 그와 같이 사는 사람은 죽을 맛일 거다. 쿨병은 분명 병이다.

이렇듯 쿨병은 일단 개인적인 성격장애의 범주로 이해할 수 있었다. 아마도 자기애성 성격장애의 문화적 형태로 보면 옳을 듯하다. 그러나 이들이 더욱 해로워질 수 있는 부분은 공감 능력의 부재에 있다. 쿨병 환자들은 사회적으로 논란이 되는 문제에 대해 '별 걸 다 가지고 난리네', '피곤하게도 산다, 그냥 좀 넘어가라', '나는 그렇게 생각 안 하는데 왜 ○○가 욕먹

는 거냐, 선비들 나셨다…' 등의 반응을 보이며 불만을 제기한
사람을 편협한 사람으로 몰아가는 경향이 있다.

문제는 이런 이슈 중에는 사회 정의나 보편적 원리에 반하
는 경우도 있다는 것이다. 5.18 민주화 운동 때 북한군이 있었
다는 얼토당토않은 주장에 '해석의 다양성'을 인정해야 한다면
서 '한국 사회는 너무 극단적'이라는 이들, 위안부의 존재를 인
정하지 않는 일본 정부에 쓴소리를 한 정치인에게 '국익을 생
각하지 못하고 경솔했다'는 이들, 촛불을 들고 광장으로 나서
는 이들에게 '너무 감정적'이라며 '어차피 바뀌는 건 없을 것'이
라던 이들.

또 앞서 서술한, 한국에서 태어나 불행한 이들처럼 자신이
사는 곳을 폄훼하는 사람들의 증상도 이와 같다. 이들은 자국
을 좋게 평가하는 일체의 시도를 '국뽕'이라 매도하면서 자신
들은 객관적으로 우리나라를 평가한다고 주장한다. 개중에는
진짜 냉철하게 문제를 분석하고 개선점을 제시하는 사람들도
있지만, 상당수는 뚜렷한 근거도 없이 헬조선을 반복하는 것이
보통이다.

덧붙여 이러저러한 문제점을 해결해야 한다는 사람들에게
'헬조선은 절대로 변하지 않는다'며 자신들의 지성을 뽐낸다.
이 정도면 쿨병은 개인의 행복뿐 아니라 공공의 선을 위협하는
심각한 마음의 병이 아닐까.

한마디 덧붙이자면 쿨병 환자들 중에는 성격에 약간 문제가 있는 보통 사람, 잘난 척하고 싶지만 능력이 따르지 않는 사람들도 많겠지만 이른바 사회 지도층(?)에 속하는 이들이 많다. 그들은 (위에 서술한 쿨병의 증상들이) 지식인으로서 응당 가져야 할 이성적이고 합리적인 태도라고 생각한다.

사회적 지위 때문에 그들의 메시지는 널리 전파되어 많은 사람에게 영향을 미친다. 그들의 영향력 때문에 사람들이 분노해야 할 것에 분노하지 않게 되고 행동해야 할 때 행동하지 않게 된다면, 불쌍히 여겨야 할 일에 측은함을 느끼지 않게 된다면, 그로 인해 희망을 가져야 할 이들이 절망 속에서 살게 된다면 지식인으로서 그 책임을 어떻게 감당할 것인가.

어쩌면 그들에게 이러한 종류의 책임을 기대하기는 어려울지도 모르겠다. 그들에게는 자신들이 사는 곳에 대한 애착도, 함께 사는 이들에 대한 애정도 없기 때문이다.

가방끈 길이 때문에 어쩔 수 없이 그런 이들과 마주칠 때가 많은데 그런 말들을 듣고 있자면 정말이지 분노가 용솟음친다. 내가 행복하지 않다면 그 이유의 상당 부분은 그들 때문이다.

3장

'소확행'과 '욜로'로는
행복해질 수 없다

⟨즐기면 행복해질까

언제부턴가 우리 사회에 자신이 하는 일을 즐겨야 한다는 생각이 퍼지고 있다. 아마 국가대표 축구 선수였던 이영표 씨가 "천재는 노력하는 자를 이길 수 없고, 노력하는 자는 즐기는 자를 이길 수 없다"라고 말한 이후부터인 듯한데, 이영표 씨에겐 죄송하나 이 말은 틀렸다. 천재는 노력하는 자를 이길 수 없다는 부분도 틀렸고, 노력하는 자는 즐기는 자를 이길 수 없다는 쪽도 틀렸다.

천재는 말 그대로 하늘에서 낸 사람이다. 보통 사람의 노력으로 극복될 것 같으면 천재라는 말이 붙지도 않는다. 게다가 천재는 남들 노력할 때 가만히 있을까? 천재들도 자신의 재능을 펼치기 위해 피나는 노력을 한다. 노력까지 하는 천재를 이기는 건 불가능하다. 불가능한 목표를 세우고 그것이 가능하다고 믿는 건 시간 낭비다.

노력하는 자는 즐기는 자를 이기지 못한다는 말도 한참 잘못된 말이다. 나는 늘 이 말이, 진 사람을 바보로 만드는 듯한 느낌이 들어 마음에 들지 않았다. 졌으면 다음엔 어떻게 하면 이길까를 고민해도 모자랄 판에 '내가 즐기지 못해서 졌구나'라는 천하에 쓸데없는 자책까지 하게 만드는 것이 "노력하는 자는 즐기는 자를 이기지 못한다"라는 말이라는 게 내 생각이다.

이런 찝찝한 마음을 국가대표 농구 선수였던 서장훈 씨가 어느 프로그램에서 콕 찝어 정리해주었다. 그때 서장훈 씨가 한 말을 조금 옮겨보면,

"'즐겨라, 즐기는 자를 못 따라간다' 저는 이 얘기가 세상에서 제일 싫어요. 최선을 다해서 몰입하고 올인하지 않으면서 성과를 낸다? 저는 그런 일은 없다고 생각해요. 그냥 즐겨서는 최고의 결과를 얻을 수 없어요. 저는 단 한 번도 즐겨본 적이 없어요. 책임감을 느끼고 나서부터 농구를 즐겨야겠다고 생각한 적이 단 한 번도 없어요. 목뼈가 나가고 코뼈가 부러지면서까지 이 악물고 하지 않았으면 지금의 기록은 없었을 거예요. 온힘을 다 짜내서, 전쟁처럼 해내서 겨우 그 정도 한 거예요."

최고가 되려면 극한까지 자신을 몰아붙여야 한다. 1초에

승부가 갈리는 상황에서 즐긴다는 마음이 들 수 있을까? 슈투트가르트 발레단 수석 발레리나였던 강수진 씨의 발 사진을 본 적이 있는가. 마디마디 꺾이고 튀어나온, 보는 것만으로도 그간의 고통이 고스란히 느껴지는 그 발.

물론 모든 사람이 최고가 될 필요는 없다. 될 수도 없고. 그러나 자신의 분야에서 최고가 되고 싶다는 생각조차 품어보지 않은 사람이 자신의 일을 즐기는 것이 가능할까? 여러분은 여러분이 하는 일에 대해 잘 모르는 누군가가 잠깐 그 일을 해보고서는 "재밌네, 할 만하네"라고 하면 어떤 기분이 들겠는가.

만약 나에게, 누군가 10분쯤 강의해보고 그런 얘길 한다면 당장 내 손에 들려 있는 것으로 그 사람의 뒤통수를 때릴 것이다. 그 재미있는 걸 일주일에 20시간씩 해보라고. 10분을 말하기 위해서는 1시간을 준비해야 한다. 강단에 선다는 것은 내 입에서 나가는 말 한마디가 듣는 이의 한 학기를, 어쩌면 평생을 좌우할 수도 있다는 책임감을 견뎌야 한다는 뜻이다. 내 손에 들려 있는 것이 뾰족하거나 무겁고 딱딱한 것이 아니길 바랄 뿐이다.

어떤 일을 잘하는 이들이 그 일을 즐기는 것처럼 보이는 것은 여유 때문이다. 헤아릴 수 없는 인고의 세월과 피나는 노력으로 모든 것을 파악하고 모든 것을 장악한 사람만이 가질 수 있는 여유 말이다. 능력도 없고 노력도 안 하는 선수가 경기장에서 여유를 부려봤자 결과는 뻔하다.

그리고 여유롭고 즐거운 듯한 모습을 보이지 않는다고 해서 그가 자신의 일에 애정이 없거나 뭔가 부족한 사람이라는 뜻은 절대 아니다. 사람마다 일을 대하는 자세는 다르다. 엄숙하고 진지하게 때로는 숭고하게 자신의 일에 임하는 이들을 즐기지 못한다면서 무시할 권리를 누가 주었는가.

문제는 즐겨야 한다는 강박이다.

"노력하는 자는 즐기는 자를 못 이긴다"는 말은 가뜩이나 행복을 갈망하는 우리 사회에서 즐기지 못하는 것을 죄악시하는 분위기를 만든다.

버트런드 러셀은 그의 저서 《행복의 정복》에서 현대인이 누리는 즐거움의 총량은 원시 사회에 비하면 엄청나게 커졌으나 동시에 즐거움을 반드시 누려야 한다는 의식 또한 훨씬 증대되었다고 지적한다. 행복은 주관적 기대가 커질수록 경험하기 어렵다. 예전에 비해 이미 많은 것을 즐기고 있지만 더욱더 즐겨야 행복할 수 있다면 지금 즐기고 있는 것이 즐거울 리 없다.

"노력하는 자는 즐기는 자를 못 이긴다"는 말은 자신의 일을 잘하고 싶어서 밤잠 설쳐가며 공부하고 노력하는 이들이 현재 상태를 불행으로 규정하고 덧붙여 즐겨야 한다는 죄책감까지 갖게 만드는, 우리를 행복하지 못하게 하는 강박에 불과하다.

우리가 다시 생각해야 할 것은 최고가 되기 위해 노력하는 그 시간이, 때로는 피땀으로 때로는 눈물로 고난을 견디며 엄숙하고 숭고하게 맞이하는 그 시간이 불행이라고 인식할 필요는 없다는 점이다. 행복은 성취 그 자체나 결과가 아니다.《해피어》를 쓴 탈 벤 샤하르가 자신의 경험에 빗대어 이야기했듯이 성취에서 오는 쾌감은 곧 사라지고 허무감이 뒤따를 뿐이다.

그러나 목표를 설정하고 성취를 향해 노력하는 과정 자체가 불행은 아니다. 그 과정이 불쾌한 감정과 고통으로 점철된 것일지라도. 이러한 종류의 오해는 '부정적 정서 = 불행'이라는 생각에서 기인한다. 하지만 그 고통을 왜 견뎌야 하는지에 대한 이유가 있다면 성취의 과정에서 경험되는 부정적 정서들은 긍정적으로 전환될 수 있다.

이를테면 성취의 순간을 위해 지금의 고통을 '(싫지만) 참아낸다'가 아니라, 지금의 이 시간들은 성취를 위해 꼭 필요한 것이니 지금의 고통을 '(기꺼이) 견뎌낸다'가 되는 것이다.

이영표 씨가 즐긴다는 말을 이런 의미로 썼다면 이 글의 도입부에서 그의 말이 마음에 안 든다고 했던 것에 대해서는 사과드릴 의향이 있다.

돈과 행복은
관계가 없다는 거짓말

"돈은 행복과 관계가 없다."

이 말을 들을 때마다 복잡한 심정이 된다. 독자 여러분도 마찬가지일 것이다. '아, 내가 행복하지 못한 게 돈에 너무 연연해서였나?', '그래, 돈이 뭐가 중요해. 돈이 많아도 불행한 사람이 많은데…' 하다가도 당장 대출받은 것 갚아나가야 하고, 부모님 병원비에 아이들 학원비까지 내야 하는데 남의 경조사는 자꾸 돌아오는 현실과 마주하면 당장 은행 잔고가 원망스러워지는 그런 마음 말이다.

행복 연구에서 돈은 행복에 별로 영향을 미치지 않는다는 것이 상식으로 통한다. '이스털린의 역설'이라는 것이 있다. 미국의 경제학자 리처드 이스털린이 밝혀낸 것으로, 소득이 일정 수준에 올라 기본적인 욕구가 충족되면 소득 증가가 더 이상 행복에 영향을 미치지 않는다는 것이다. 그 기준은 대략 국민소득 2만 달러 선에서 결정된다. 우리나라는 올해 국민소득 3만 달러를 넘었다. 2만 달러를 넘어도 한참 넘었으니 이제 우리가 불행한 이유는 돈에 있지 않은 것이 아닌가.

그런데 세상일이 그렇게 간단하지가 않다. 행복과 돈의 관계에 대한 연구들을 조금만 더 들여다봐도 행복에 돈이 중요한 요소라는 것은 금방 알 수 있다. 이를테면 국가의 행복도를 조사한 연구들에서 행복도가 높은 곳은 예외없이 부유한 나라다. 경제 수준이 높고 복지가 잘 되어 있는 나라들의 행복도는 그렇지 않은 나라들보다 확실히 높았다. 단언컨대, 행복을 가로막는 가장 일상적인 장애물은 빈곤이다.

더군다나 한 국가 안에서도 부유한 사람일수록 행복도가 높다. 〈뉴욕 타임스〉의 조사에 따르면 가계소득이 연 25만 달러 이상인 미국인은 90퍼센트가 아주 행복하다고 응답했고, 이는 가계소득 연 3만 달러 이하인 사람들의 42퍼센트보다 높았다. 25만 달러면 이 글을 쓰는 오늘 환율(1$=1,179원) 기준으로 2억 9천만 원이 넘는 돈이다.

그렇다면 과연 돈이 얼마나 있어야 행복할까?

최근의 연구를 보면 이스털린이 이야기한 국민소득 2만

달러는 더 이상 그 기준이 되지 못할 듯하다. 대니얼 카너먼의 2010년 연구에 따르면, 소득이 많아져도 행복 지수가 더 올라가지 않는 기준점은 연소득 7만 5천 달러였다. 이 글을 쓰는 오늘 환율 기준으로 8,800만 원이 넘는 돈이다. 연봉 9천이라… 생각만 해도 입가에 미소가 지어진다.

같은 해, 한국인들을 대상으로 한 연세대학교 염유식 교수의 조사에서도 그 기준은 가계소득 월 400만 원으로 나타났다. 이를 달러로 환전하고 연소득으로 바꾸면 4만 5천 달러 가까이 되는 돈이다. 2018년 현재, 한국의 평균 가계소득은 350만 원이 안 된다. 이쯤 되면 지금의 한국인들이 행복하지 않은 이유의 상당 부분은 돈 때문이라고 해도 되지 않을까?

이런 결과들은 이스털린의 역설을 다시 생각해보게 한다. 놀랍도록, 아무도 이야기하지 않는 것은 이스털린이 2만 달러의 기준을 이야기한 것이 1973년이라는 사실이다. 국민소득 2만 달러가 넘으면 돈은 더 이상 행복에 영향을 미치지 않는다고 주장하는 사람들 중에는 지금이 2019년이라는 사실을 말하는 이가 아무도 없다. 우리는 46년 전 자료를 가지고 행복에 돈은 중요하지 않다고 말하고 있는 것이다.

물론 돈이 많다고 해서 반드시 행복해지는 것은 아니다. 그러나 부자들은 가난한 사람보다 훨씬 행복할 기회가 많다. 돈이 있으면 건강을 잘 유지할 수 있고, 긍정적인 사회적 관계에

노출될 가능성도 커지며, 충분한 여가와 휴식을 즐기고, 때로 정신과에 가거나 상담을 받으면서 멘탈을 관리할 수도 있다. 이는 부정할 수 없는 사실이다.

그럼에도 불구하고 행복에 돈이 중요하지 않다는 행복 연구들은 '어차피 돈 벌어봐야 더 행복해지지 않으니 돈 벌겠다고 아등바등 사는 짓은 포기하라'는 메시지를 전하고 있는 것은 아닌가.

물론 행복은 객관적 조건과 주관적 기대의 비율로 결정된다. 아무리 많이 가져도 더 가지길 원하는 사람에게 행복은 머나먼 일일 것이다. 예를 들면 한국인들이 앞으로 돈을 더 많이 벌어도 좀처럼 행복해질 것 같지 않은 이유는 그 기준이 너무나 높기 때문이다. 앞서 인용한, 염유식 교수의 같은 연구에서 한국인들이 돈이 이 정도 있었으면 좋겠다고 가장 많이 응답한 액수는 10~50억 원(39.25퍼센트)이었다. 평균 21억 원, 대한민국 상위 1퍼센트의 평균 자산에 해당하는 돈이다. 사실상 우리나라의 모든 사람이 21억 원 이상의 자산을 보유하게 될 가능성은 거의 없다고 봐도 무방하다. 불가능한 목표를 세우고 거기에 도달하지 못했다고 불행해하는 것은 현명한 태도가 아니다.

그러나 심해지고 있는 양극화와 소득불균형, 복지의 사각지대에서 절대 빈곤에 시달리는 이들은 잠시 논외로 치더라도, 사회에 막 발을 내딛은 청년들의 상당수가 학자금 대출을 갚아야 하고, 살 집을 마련하기 위해 월급의 대부분을 대출금 갚는데 털어넣으며 살다가, 50대 초반이면 퇴직해야 하는 노인 빈곤율 1위 나라에서 돈은 행복에 중요하지 않다고 되뇌는 것은 현실에 눈감는 일이거나 자신을 기만하는 행위다.

돈은 중요하다. 우리는 행복해지기 위해서 돈을 추구해야 한다. 돈이 필요한 사람은 열심히 돈을 추구하면 된다. 돈이 목표라면 돈을 추구하는 것이 행복이 아닐 이유가 없다. 다만 돈을 버는 것이 최우선이 되어 일상의 소중한 것을 놓치지 않아야 하고, 돈을 버는 것이 힘들고 고되지만 돈이 목표라면 돈을 버는 그 시간이 의미 있다고 생각해야 할 것이다. 그리고 목표로 한 돈을 벌지 못했다고 인생에 실패했거나 불행한 것은 아니라는 것을 알면 된다. 당장 원하는 만큼의 돈이 수중에 없다고 해서 그만한 돈이 생길 때까지 인생의 모든 날을 불행하다고 생각하는 사람이 있다면, 그가 행복해질 일은 영원히 없을 테니까. 행복에 돈은 중요하지 않다는 명제는 이 경우에만 타당하다.

그런 깨달음은 없다

'달관 세대'라는 말을 들어본 적 있는가? 달관 세대라는 말은 어떤 신문의 특집 기사에서 등장했다. 그 신문에서는 저성장, 장기 불황 시대에 좌절해 자신을 '88만 원 세대', '(연애, 결혼, 출산을 포기한) 3포 세대'라고 자조하던 20~30대 가운데 "그래 봐야 무슨 소용이냐"는 젊은이들이 생기기 시작했다면서 이들을 '달관 세대'라고 불렀다.

이 기사는 달관 세대란 차라리 '안분지족(安分知足)' 하는 법을 터득하자는 사람들이라면서 "양극화, 취업 전쟁, 주택난 등 노력으로 바꿀 수 없는 절망적 미래에 대한 헛된 욕망을 버리고 '지금 이 순간'을 행복하게 사는 게 낫다"고 달관 세대의 말을 전한다.

달관 세대는 일본의 '사토리(さとり) 세대'를 연상케 한다. 사토리 세대는 1980년대 후반에서 1990년대에 태어난 일본 젊은이들을 이르는데, 미래가 절망적이라는 현실을 냉정하게 인정하고 현실에 만족하며 사는 게 이들의 특징이다. 사토리는 '깨달음', '득도'라는 뜻이다. 그래서 사토리 세대를 일러 '득도 세대'라고도 한다.

일본에 대한 사랑이 지극하기로 널리 알려진 신문이니만큼 일본 용어를 한국의 비슷한 현상에 갖다 붙인 모양인데, 어쨌든 최근 한국 청년들 사이에서도 '소확행'이니 '욜로'니 하는 분위기가 유행인 건 사실이니 일단 '달관 세대'라는 개념을 계속 살펴보자.

해당 신문에 따르면 달관 세대는 기성세대와 다른 직업관을 갖고 있다. 이들은 정규직으로 입사해 뼈 빠지게 일해도 현실은 크게 달라지지 않으며, 정규직이 되었다고 해서 미래가 보장되는 시대는 끝났다고 생각하기 때문에 정규직에 목매지 않는다.

대신 이들이 직업을 선택하는 최우선 기준은 '여유 있는 삶의 보장'이다. 그래서 자발적으로 비정규직 삶을 영위한다. 달관 세대의 라이프스타일 역시 기성세대와 다르다. 이들은 "풍요로운 시대에 태어난 덕에 돈 없어도 재미있게 살 수 있는 방법은 많다"고 말한다.

비정규직인 이들은 명품 옷, 좋은 레스토랑, 개봉 영화관 같은 '고비용' 소비엔 관심이 없다. 중저가 옷을 입고 햄버거와 떡볶이를 먹으며, 집에서 영화를 보거나 카페에서 친구와 수다를 떨면서 시간을 보낸다.

달관 세대는 정규직에서도 발견할 수 있는데, 이들은 승진을 위해 삶을 희생하지 않는다는 점에서 기존 정규직과 다르다. "직장에서 승승장구하는 것은 어차피 소수일 뿐이기 때문에 일을 위해 지금 누릴 수 있는 행복과 여가 생활을 포기할 수 없다"는 게 이들의 생각으로, 이들은 많은 연봉을 포기하면서까지 '저녁이 있는 삶'을 찾아 나서고 있다.

얼핏 그럴듯해 보이는 이 신문의 이런 분석은 크게 잘못되어 있다. 그 이유는 다음과 같다.

첫째, 지금 청년들이 '자발적으로 비정규직의 삶을 영위'한다고 했는데, 한번 청년들에게 물어보라. 그들이 과연 자발적으로 비정규직의 삶을 선택했는지. 기자는 정규직으로 사람 뽑는 비율이 얼마나 되는지 알아보고 기사를 썼어야 했다.

3포 세대는 연애, 결혼, 출산 등 삶에 있어 중요한 무엇인가를 '포기했다'는 뜻이다. 포기라는 것은 자발적 선택처럼 들리지만 전혀 자발적인 것이 아니다. 연애와 결혼, 출산에는 돈이 든다. 그 돈을 마련할 자신이 없기 때문에 어쩔 수 없이 포기했다는 것이다. 즉, 절망의 결과가 포기다. 그런 이들이 갑자기 달관을 한다고?

그건 달관이 아니라 합리화다. 이솝 우화 중 '여우와 신 포도' 이야기를 알 것이다. 아무리 애써도 포도를 먹을 수 없었던 여우는 결국 포도를 포기하며 '그 포도는 실 거야'라고 합리화한다. 소확행, 욜로, 하마터면 열심히 살 뻔했어, 어차피 인생 혼자 사는 거야…. 이게 깨달음의 결과가 아닌 증거는 최근 두드러지고 있는 관찰 예능의 유행에서 찾을 수 있다.

TV에는 남들의 연애, 결혼, 육아 등을 보여주는 프로그램이 넘친다. 인터넷에는 남의 연애사와 남의 아이의 재롱에 일희일비하는 랜선 오빠, 랜선 이모와 같은 프로참견러들이 널렸다. 사람들은 보고 싶은 것이다. 연애하고 결혼하고 아이 낳아 기르는 자신의 모습을. 돈이 없어서 포기했지만 연애, 결혼, 출산의 욕구는 여전히 남아 있다.

둘째, 일본의 사토리 세대와 비슷하다는 이유에서 달관이란 말을 끌어온 것 같은데, 한국과 일본은 다르다. 문화심리학자로서 하는 얘기다. 주어진 사회적 역할에 충실해야 하고 거기에서 벗어날 생각을 하지 않는 일본인들은 자신의 현실에 만족하고 달관할 수 있다.

그러나 한국인들은 자신이 원하는 것을 얻지 못하면 억울하고 화가 난다. 그래서 그것을 얻기 위해 분노하고 싸워왔다.

격동의 현대사에서 한국이 이루어낸 모든 것들은 우리가 우리의 현실에 만족하지 않은 결과다.

불만은 행복하지 않다는 뜻이 아니라 더 행복하고 싶다는 의미다. 현실이 불만스러운 이들에게 해야 하는 조언은, 지금도 충분히 만족스러우니 더 행복해질 생각 말라는 얘기가 아니라 더 행복해지기 위한 지금의 상태가 불행이 아니라고 알려주는 것이다.

달관 세대 운운하는 것은 청년들에게 더 행복하지 말라고 주문하는 것이나 같다. 달관 세대에 대한 예찬이란 어차피 네가 할 수 있는 일은 없으니 일상의 소소한 즐거움이나 느끼면서 꿈도 희망도 갖지 말고 그렇게 살라는 말과 다르지 않다.

포기를 당연히 여기지 말자. 포기에서 오는 안도감을 행복이라 착각하지 말자. 그런 깨달음은 없다.

행복해지기 위해
관계에서 멀어지라고?

관계에 대한 피로가 쌓이고 있는 듯하다. 한국은 관계 중심의 문화임에도 최근 관계에서 멀어지려는 모습들이 왕왕 목격된다. 일을 마치고 집으로 돌아가 조용히 쉬고 싶다는 사람들이 점점 늘어나는 추세고 그에 따라 직장인들의 회식 문화도 많이 바뀌고 있다.

학생들도 마찬가지다. 조별 과제는 대학생들이 가장 혐오하는 수업 방식이며, 학과 모임 참여도 상당 부분 자율에 맡기고 있다. 전화보다는 메신저가 편하고, 시장과 식당보다는 택배와 배달앱으로 생활을 유지해나간다.

모 신문에서는 이러한 생활 방식에 익숙한 2000년생 이후의 세대를 '인(人)코노미스트'라고 명명했다. '사람(人)'과 '이코노미스트(economist)'를 합친 말로, 사람을 만나 감정과 시간을 들여 얻는 이익이 혼자서 얻을 수 있는 이익보다 큰지를 따지는 사람을 가리킨다.

신문의 뉘앙스는 이런 삶의 방식이 새로운 세대의 중요한 특징인 것처럼, 이렇게 사는 것이 현명한 것으로 묘사하고 있다. 어차피 혼자 사는 인생, 남 눈치 볼 필요 없이 내 마음대로 살라는 듯하다. 사람을 만나려면 돈 들고 시간도 들고 감정도 소모되는데 그냥 혼자 지내는 게 낫지 싶기도 하다.

물론 일부 언론이 분위기를 몰아간다고 그렇게 흘러가지도 않을 거고, 청년 본인이 혼자 사는 게 편하다는데 내가 무슨 덧붙일 말이 있을까마는 사람을 만나지 않겠다는 삶이 현명한 것이라는 생각에는 문제가 있다. 그것도 아주 심각한 문제가.

인간은 사회적인 존재이고, 개인의 삶은 관계 속에서 규정되기 때문이다. 다른 이들과의 관계는 특히 행복과 직접적으로 연관된다. 2010년에 실시한 미국인 시간 사용 조사에 따르면, 다른 사람과 함께할 때 즐거움과 목적의식이 높아진다. 행복한 사람들은 다른 사람과 함께 지내는 시간이 많다. 반면 외로움은 행복과 정신 건강의 적이다. 시카고대학교 존 카시오포 교수 팀은 현대인의 가장 총체적인 사망 요인이 외로움이라고 단언한다.

외로움, 배신감, 이별 뒤에는 고통이 따른다. 뇌는 이러한 사회적 고통을 이용해 위협을 알리며, 그 덕에 더 치명적인 고립을 방지한다. 뇌 영상을 보면 신체적, 사회적 고통은 동일한 뇌 부위에서 발생한다. 즉, 다리가 잘리는 것만큼 생존을 위협하는 것이 집단으로부터 잘려나가는 것이다.

관계에서 멀어지는 것을 현명하다고 믿고 고립을 당연히 여기는 것은 인간이 진화해온 방식이 아니다. 이 부자연스러운 현상이 일어나는 것은 결정적으로 청년들이 관계 유지를 위해 시간, 돈, 감정 등의 자원을 쓸 여유가 없다는 데 있다.

3포 세대에 이은 5포 세대란 말을 들어본 적이 있는가. 연애, 출산, 육아를 포기한 3포에 더해, 내 집 마련과 인간관계까지 포기한 것이 5포다. 포기는 좌절이지 선택이 아니다. 인코노미스트니 하는 말을 만들어내는 이들은 청년들의 좌절을 현명함으로 포장하여 현실에 순응하게 만들려는 것인가.

포기는 행복을 얻는 방법이 아니다. 지금 해야 할 일은 어떻게든 원하는 것을 얻을 수 있도록 무언가를 하는 것이지, 발버둥 쳐 봤자 얻을 수 있는 건 없을 테니 포기하고 지금 상태에서 행복할 방법을 찾는 것이 아니다.

그리고 원하는 것을 얻기 위해서도 인간관계와 사회적 기술은 반드시 필요하다. 관계에서의 도피는 사회적 기술의 퇴화를 가져온다. 특히 감정 조절 및 대인 관계 능력을 맡고 있는 전두엽이 발달하는 시기인 20대 초중반에 사회적 관계에서 물러나는 것은 자신의 미래에 엄청나게 해로운 일이다.

30대가 넘으면 전두엽은 더 이상 발달하지 않는다. 사회적 기술이 더 이상 늘지 않는다는 뜻이다. 그러나 30대 이후는 사회적 관계가 본격적으로 중요해지는 시기다. 아무리 나 홀로 문화가 확산된다고 해도 정작 중요한 일은 사람들과 얼굴 맞대고 해야 한다. 귀찮고 짜증 난다고 관계에 소홀한 책임은 결국 자신에게 돌아오는 것이다.

부족한 사회적 기술은 서툰 인간관계로 이어지고 서툰 인간관계는 상처로, 상처는 고립으로 이어지는 악순환의 고리가 된다. 최근 유난히 분노 범죄가 두드러지는 데는 관계의 기피와 그로 인한 사회적 기술의 부족이 중요한 원인으로 꼽힌다. 타인과의 갈등을 경험해본 적 없는 이들이 충분히 해결할 수 있는 갈등을 극단으로 몰고 가는 것이다.

얼굴을 보고 이야기하면 금방 풀릴 일도, 카톡이나 문자로 주고받다 보면 오해와 갈등이 커지는 경우가 있다. 그러나 사람들은 수백만 년 이상 눈빛과 몸짓, 터치와 냄새로 소통해왔다. 그리고 이러한 비언어적 소통은 실제 소통의 90퍼센트 이상을 담당한다. 혼자 지내는 것보다는 누군가와 관계를 맺고 유지하는 것이 모든 면에서 훨씬 이롭다.

물론 정말 안 되겠다 싶은 관계는 끊거나 한발 물러설 필요가 있다. 그러나 관계에서 자유로워지라는 말은 여러 사회적 관계 속에서 내 삶의 중심을 잡으라는 얘기지 관계 자체를 끊으라는 얘기가 아니다.

분명 사회적 관계를 유지하는 것은 피곤한 일이다. 많은 에너지와 자원이 든다. 막 사회생활을 시작한 청년들은 더 힘들게 느껴질 수 있다. 하지만 관계를 통해 얻을 수 있는 것도 많다. 사람들은 관계로부터 위안과 안정을 얻고 더 나은 사람이 될 수 있는 자극을 받는다. 즐거움과 삶의 의미도 마찬가지다. 따라서 관계 유지에 들어가는 비용은 소모가 아닌 투자로 이해해야 한다. 그 정도는 계산할 수 있어야 진짜 이코노미스트다.

투덜이 스머프는
사실 행복했습니다

행복에 대한 가장 대표적인 오해는 부정적 정서가 나쁘다는 것이다. 이는 행복 자체가 '긍정적 정서'로 정의되어 있기 때문이다.

많은 행복 연구자들이 '행복이란 긍정적 정서를 최대한 많이 경험하고 부정적 정서는 최대한 적게 경험하는 것'이라 말한다. 그 결과, 우리는 조금이라도 불편하거나 언짢은 기분만 느껴도 '불행하다'고 생각하게 된다. 과연 그럴까? 예를 들면 부정적 정서들이 긍정적 기능을 하는 경우는 없을까? 또는 긍정적 정서들이 부정적 결과로 이어지는 경우는 없을까? 그럴 때는 무엇을 행복이라고 해야 할까?

20대 시절 나의 별명은 '투덜이 스머프'였다. 내 연식을 짐작하게 하는 용어가 나왔다. 스머프가 뭔지 모를 독자들을 위해 잠시 설명하자면, 우리나라에서 1980년대에 방영했던 〈개구쟁이 스머프〉라는 벨기에 어린이 만화영화가 있다. 파랗고 조그만 애들 나오는…. 투덜이 스머프는 그중에서 늘 투덜대는 게 특징인 스머프다. 그 아이의 기본 말투는 "난~~ 싫어!"다.

사실 더 심한 것도 있지만 투덜이 스머프 정도가 무난할 것 같다. 그만큼 나는 세상에 불만이 많았고 불평이 일상이었다. 그런데 나는 내 20대를 매우 행복했다고 기억한다. 흔한 중년의 추억 보정일까? 20대에 만나 아직도 인연을 이어가는 이들의 증언을 들어보면 그들도 나와 함께했던 그날들이 그렇게 불행했던 것 같지는 않은데 말이다.

나도 나름 심리학으로 밥 먹고 살면서 긍정 심리학 깨나 들여다봤고 무려 행복연구센터에도 있었던 사람이지만 이런 의문에 답을 찾기는 어려웠다. 그러다 우연히 접한《투덜이의 심리학》이라는 책에서 그 단초를 찾았다. 10만 명 이상의 환자를 상담한 임상심리학자 토니 험프리스 박사는 책에서 부정적인 감정들의 긍정적 효과들을 잔뜩 언급하고 있다. 몇 가지만 소개한다.

실패에 대한 두려움은 다른 사람들에게 사랑받고 존중받고 싶다는 욕구에서 비롯된다. 그 결과로 두려움은 실패하지 않도록 주의를 기울이고 만약의 상황을 대비하게 하여 그 사람이 사랑받고 존중받을 수 있는 힘이 된다. 좌절감을 통해 사람들은 어떻게 하면 그 상황에서 벗어날 수 있을지 탐색하고 할 수 있는 일이 무엇인지 알아낼 것이며, 우울감에 빠져 있는 동안에는 자존감에 대한 위협과 또 다른 실패의 가능성을 줄일 수 있다. 어떠한 상황에 불쾌감을 느끼고 투덜거리는 것은 감정을 표출하고 동료들과 공감대를 형성하여 유대감을 증진시킨다.

내가 투덜이였으면서도 행복했던(?) 이유가 여기 있다. 나는 어린 시절 부당하다고 느꼈던 여러 상황에 불만을 토로했고, 친구들은 내 투덜거림에 공감하고 때로는 카타르시스를 느꼈을 것이다. 게다가 투덜거린다는 것은 직접 문제를 제기하고 부딪치는 것보다 훨씬 안전하다.

사실 부정적 정서는 사람들에게 불안을 느끼고 이에 대비하도록 하여 생존 가능성을 높인다. 절벽 끝에서 공포심을 느끼지 않고 오히려 쾌감을 느끼는 사람이 유전자를 후대로 전할 가능성은 상당히 떨어질 것이다. 징그러운 벌레나 썩은 음식을 보고 즐거움을 느끼는 사람의 운명도 마찬가지다. 인간은 이렇게 진화해왔다.

긍정적 정서 역시 이러한 진화의 산물이다. 먹이를 얻었을 때, 안전한 쉴 곳을 찾았을 때, 마음에 드는 짝짓기 상대를 만났을 때 우리는 행복감을 느낀다. 그리고 그 행복을 느끼고자 먹이를 찾고, 안전한 쉴 곳을 찾고, 짝짓기 상대를 찾는다. 행복은 인간의 생존과 번식에 긍정적 기능을 해왔다.

부정적 정서의 기능 또한 분명 긍정적이다. 그렇다면 부정적 정서를 경험했다고 나쁠 것이 있을까? 부정적 정서를 느끼면 불행하다는 것은 과연 사실일까? 심지어 부정적 정서를 경험하는 것으로도 만족감을 얻을 수 있다면?

험프리스 박사는 부정적 정서에 대처하는 과정에서 경험하는 통제 욕구에 주목한다. 불안감을 느끼고 대비하는 것처럼 사람들은 부정적 정서에 맞서 자신의 행동을 통제하고 조절함으로써 불행한 결과를 예방한다. 이러한 긍정적 기능 외에도 사람들은 자신의 행동을 통제한다는 데서 만족감을 경험할 수 있다. 나 자신을, 내 주변을 통제한다는 사실 자체가 만족감을 준다는 것이다.

게다가 좀 더 적극적인 부정적 정서의 경험은 통제욕구의 충족에 그치는 것이 아니라 좀 더 긍정적인 결과를 도출해낼 수도 있다. 몇 가지 부정적 정서의 긍정적 효과에 대해 살펴보자.

불만은 행복의 중요한 요인으로 이해되는 만족과 정확히 반대되는 감정이지만 문제가 되는 일을 해결할 에너지를 제공한다. 세상을 바꾸는 것은 불만을 가진 이들이다.

후회란 지금 나타난 나쁜 결과를 과거에 다른 방식으로 행동했다면 피할 수 있었다고 느낄 때 경험하는 매우 불쾌한 감정이다. 따라서 후회하는 사람의 현재 행동은 미래의 후회를 줄이기 위한 방법으로 결정될 것이다.

분노는 부당한 상황에 대한 적극적인 행동을 이끌어 낸다. 같은 상황에 분노하는 이들은 각자의 이기심을 자제하고 협조적인 행동을 통해 공동의 목표에 도달할 수 있다.

지루함, 권태는 인간 역사를 움직여온 가장 중요한 원동력 중 하나였다. 현재의 지루함을 타개하기 위해 사람들은 어쩔 수 없이 지금보다 바람직한 상황을 상상하게 되고 그것을 실현하기 위해 뭐라도 할 것이기 때문이다.

우리가 살아가는 이 세상에서, 갑자기 모든 사람이 불만 없이 후회도 없이 분노하지 않고 즐겁기만 한 상태가 된다고 생각해보라. 여러분은 그런 세상에서 살고 싶은가? 그런 사람들 중 하나가 되고 싶은가?

우리는 일상에서 겪게 되는 여러 가지 부정적 감정을 받아들일 필요가 있다. 행복과 같이 생존을 위해 습득되었을 인간의 자연스러운 반응을 치료받아야 할 병이나 없애야 할 상태로 취급해서는 안 된다. 부정적 감정을 억제하거나 최대한 낮추는 것이 행복에 이르는 길이라 믿는 것은 이제 그만두자.

불행한 은메달리스트와
행복한 동메달리스트?

비교하면 행복해지지 않는다는 생각이 널리 퍼져 있다. 이런 견해는 류보머스키와 로스의 〈사회적 비교의 결과: 행복한 사람과 행복하지 않은 사람의 비교(1997)〉에서 비롯되었으며, 국내외를 막론하고 많은 연구에서 지지되고 있다. 요약하면 사회비교 경향이 높을수록 우울과 스트레스 등이 높고 자존감, 주관적 안녕감 등은 낮다는 것이다.

남과 비교할수록 불행해지는 이유는 나를 나보다 나은 사람과 비교하게 되기 때문이다. 초라한 나보다 화려한 남, 못 가진 나보다 더 가진 남, 불행한 나보다 행복한 남을 비교하면 상대적으로 초라하고 못 가졌으며 불행한 내가 부각될 수밖에 없다.

그런데 또 다른 방향의 비교도 있다. 나보다 못한 이들과 하는 비교다. 이럴 때 우리는 기분이 좋아진다. 때때로 사람들은 타인에게 일어난 불행한 사건을 보며 그 사건이 내게 일어나지 않았음에 안도한다. 누구나 한 번쯤은 나보다 더 초라하고 못 가졌으며 불행한 이들을 보며 잠시의 안식을 얻은 경험이 있을 것이다.

이와 같은 비교의 두 방향을 '상향비교'와 '하향비교'라고 한다. 그리고 비교의 방향에 따라 사람들은 정반대의 정서를 경험한다. 이에 대한 유명한 연구가 있다.

미국의 심리학자 빅토리아 메드벡, 스콧 매데이, 토머스 길로비치는 1992년 올림픽 중계 자료를 조사하여 메달이 확정되는 게임 종료 순간의 표정을 분석했다. 그 결과 동메달을 딴 선수들이 은메달을 받은 선수들보다 행복한 표정을 훨씬 많이 짓는 것으로 나타났다.

이유는 비교의 방향에 있다. 은메달을 딴 선수들은 목표했던 금메달을 따지 못했기 때문에(상향비교) 아쉬움과 실망감 등의 부정적 정서를 경험했고, 동메달을 받은 선수들은 자칫했으면 메달을 따지 못할 수도 있었기 때문에(하향비교) 오히려 만족감을 느꼈던 것이다.

그렇다면 남과 비교하는 것이 불행하다는 말은 사실이 아닌 것이 아닐까? 사람들은 분명 (하향)비교를 통해 긍정적인 정서를 느낀다. 내가 이런 질문을 하면 대개 '하향비교로 긍정적인 기분을 느끼는 것은 바람직하지 않다'는 반응이 나온다. 하향비교란 암에 걸린 사람 앞에서 내가 건강하다는 사실에 만족감을 느끼거나, 취업에 실패한 사람을 보면서 너도 나처럼 실패자구나 하고 안심하는 식이니 이런 종류의 긍정적 정서를 진정한 행복이라고 할 수는 없다는 얘기다.

일견 맞는 말이다. 사람이 낮은 곳만 보면 되겠는가. 높은 곳을 봐야 발전이 있지. 옳다. 이 말이 바로 상향비교다. 나보다 나은 사람과 비교하려는 것은 지금의 나보다 더 나은 사람이 되고자 하는 동기에서 나온다. 그렇다면 나보다 나은 사람과의 비교에서 비롯되는 부정적인 감정을 불행으로 단정 짓는 것은 옳은가?

은메달을 딴 선수들이 부정적인 감정을 느끼는 이유는 더 좋은 결과를 얻을 수 있었기 때문이다. 한순간의 실수로 눈앞에 다가왔던 금메달을 놓친 선수가 나는 최선을 다했으니 만족한다고 말할 수 있을까? 그건 당장의 억울하고 분한 감정을 갈무리한 다음의 일이다. 스포츠 선수가 다른 선수들과 비교하지 않고 자신의 기량을 발전시킬 수 있을까? 다른 선수와의 비교는 선수의 승부욕을 자극해 훗날의 더 큰 행복의 밑거름이 될 수 있다.

좋은 비교 대상(라이벌)을 갖고 있는 선수들이 기록도 좋고 선수 생활도 더 길다. 더 잘하고 싶은 동기가 자극되기 때문이다. 비교가 행복을 저해한다는 말은 상향비교의 이러한 측면을 많이, 아주 많이 간과하고 있다.

한국인들은 자주 비교한다. 비교가 행복에 나쁘다는 상식과 함께, 한국인이 행복하지 못함을 설명하는 중요한 근거로 이용되는 사실이다.

그런데 과연 한국인들은 비교를 많이 해서 불행할까? 언젠가 행복에 대한 모 프로그램에서 한국인들과 외국인들이 자신을 남과 비교하는 빈도(?)를 비교하는 장면을 본 적이 있다. 외국인들이 확실히 한국인들보다 남과 비교를 덜 하는 것으로 나왔다.

TV를 보면서 우선 들었던 생각은 '비교하면 불행해진다면서 왜 남들이 우리보다 비교를 덜 한다는 것을 군이 비교하고 있지?'였다. 그냥 그렇게 사는 사람들을 왜 군이 남들과 비교해서 불행해지는가 말이다. 이 실험에서 알 수 있었던 것은 한국인들은 역시 비교를 많이 한다는 사실이었다. 그것은 우리의 문화와 관계있다.

일단 한국은 자타 공인 집단주의 문화에 속한다. 집단주의 문화권에서 사회비교는 자기 인식 및 대인관계의 기본적 전제다. 남과 비교하지 않고서는 타인과 관계를 맺고 유지하는 것은 물론 자기가 어떤 존재인지 규정하는 것조차 불가능하다.

이러한 문화적 배경에서 비교가 반드시 부정적인 정서를 수반한다고 보기는 어려우며, 비교를 하면 행복하지 않다고 결론 내리는 것은 무리가 있다.

또 앞서 메달리스트 연구에서도 드러난 것처럼, 비교가 유발하는 부정적 정서를 불행으로 해석하는 것 또한 한계가 있다. 이를테면 자신을 향상시키려는 목적이 강하면 비교를 해도 긍정적인 영향을 받으며, 비교의 대상으로부터 교훈이나 유익한 정보를 얻으려 할 수도 있는 것이다.

한국인들은 예로부터 늘 자신의 행동을 돌아보고 남들과 비교하여 더 나은 사람이 되는 것을 목표로 삼아왔다. 그래서 더 나은 사람이 되기도 하지만, 반성하고 더 높은 기준에 자신을 맞추려는 노력에는 고통과 인내가 따르기 마련이다. 우리가 알아야 할 사실은 그런 감정은 불행이 아니라는 것이다.

비교가 나쁠 때는 그 비교가 현재의 나를 더 나은 모습으로 만들어주지 못할 때다. 도저히 도달할 수 없는 목표나 대상을 바라보면서 현재의 나를 부정하고 현재의 나를 있게 한 모든 것들을 저주하는 비교는 행복을 불가능하게 한다. 그러나 그것이 아니라면 얼마든지 비교해도 좋다.

오히려 눈앞에 빤히 보이는, 나보다 잘나고 잘사는 이들을 애써 못 본 척하면서 "나는 남과 비교하지 않아", "나는 내 삶에 만족해"라고 이야기하는 것이야말로 자기기만이다.

진정한 행복은 남과 비교하지 않는 것이 아니라, 비교하지
만 그 결과에 영향받지 않는 데서 온다. 이 둘의 차이는 생각보
다 크다.

소확행과 욜로의 최후

소소하지만 확실한 행복이란 뜻의 '소확행'이란 말이 유행이다. 1990년 일본의 소설가 무라카미 하루키가 수필집《랑게르한스섬의 오후》에서 처음 쓴 말이다. 이후 서울대 소비트렌드연구소가 펴낸《트렌드 코리아 2018》에서 '2018년 우리 사회 10대 소비 트렌드' 중 하나로 선정하면서 여기저기서 이 말을 쓰게 되었다.

나는 소확행이라는 말을 처음 들을 때부터 거부감이 들었다. 불확실해 보이는 큰 행복은 포기하라는 말처럼 들렸기 때문이다. 그리고 소확행이 쓰이는 맥락이 실제로 그렇다.

일견 일상의 소소한 행복을 일깨워주는 듯한 이 단어가 유행하기 시작한 시점은 3포 세대로 시작하여 흙수저를 지나 들어선 헬조선의 한가운데에서였다. 희망을 잃은 청년들이 외부로 분노를 분출하려던 시점에 소소하지만 확실한 행복이라니, 누가 봐도 수상쩍지 아니한가,라고 생각했는데 그런 사람이 많지는 않았나 보다.

뼈 빠지게 몇 년씩 공부해서 스펙 쌓아봤자 돌아오는 건 쥐꼬리만 한 월급뿐인데 언제 돈 모아서 집 사고 결혼해서 애 낳고 키울 거야. 포기해. 포기하고 일상에서 찾을 수 있는 작은 행복에 만족해. 이게 내가 받아들이는 소확행의 의미다.

큰 행복은 추구해서는 안 되는 것일까? 아니 그전에, 집 사고 결혼하고 애 낳는 것이 왜 큰 행복인가? 부모 세대들은 당연히 하는 줄 알았던 그런 일들이 왜 어떤 이들에게는 꿈이 돼버린 것인가?

어떤 학자라는 사람들은 소확행이 개인주의적 가치에 익숙한 젊은이들이 집이나 결혼, 출산 같은 전통적 가치보다 현재의 즐거움을 더 중시하기 때문에 나타나는 현상이라는 소리를 늘어놓던데, 그들이 3포 세대라는 말의 뜻이나 알까 싶다.

매슬로의 욕구 단계에서 보자면, 안전 욕구(집)와 소속 및 애정의 욕구(결혼)는 배고픔만 충족되면 예외없이 드러나는 결핍 욕구다. 상위 단계의 욕구가 보이지 않는다는 것은 그 하위 단계의 욕구가 충족되지 않았다는 뜻이다. 다시 말해, 먹고살 일조차 해결되지 않은 청년들이 가장 기본적인 욕구를 포기해야 하는 현실에서 개인주의 가치 타령이라니. 그 좋아하는 개인주의적 가치가 어디서 나오는지 생각조차 안 해본 무늬만 학자들임에 틀림없다.

'개인주의 vs 집단주의' 개념을 정교화한 심리학자 해리 트리안디스는 개인주의적 가치가 경제적 여유에서 나온다고 주장한다. 사람들은 개인의 생존을 더 이상 집단에 의존하지 않아도 될 때 개인의 욕망과 지향을 추구하려 한다. 독립할 돈이 없어서 부모와 같이 사는 판에 그 무슨 개인적 지향을 추구하겠다고 소확행을 누리겠는가.

욜로니 탕진잼이니 하는 말도 마찬가지다. 한 번뿐인 인생 즐기다 가자는 식이나 어차피 벌어봐야 할 수 있는 게 없으니써 없애자는 문화가 무엇이 바람직하다고 트렌드니 뭐니 호들갑인지 모르겠다.

소확행은 결국 '대충 살아라'가 되고, '목표를 갖지도 노력하지도 마라'가 된다. 애쓰지 말고 더 이상 노력하지 말자는 책들이 베스트셀러가 되는 것은 그만큼 이 시대의 청년들이 현재의 삶에 지쳐 있다는 말이겠지만 어른, 선생이란 사람들이 청년들에게 그런 소리를 해서는 안 될 뿐더러, 그걸로 돈을 벌려고 한다면 더욱 나쁜 짓이다.

"그래, 힘들지? 포기해. 포기하면 편하단다."

"네, 어차피 전 안 될 테니까요."

살면서 꼭 해야 하는 포기도 있다. 그러나 인간의 가장 기본적인 욕구를, 누군가는 힘들이지 않고 충족했던 것들을 포기하라고 가르치는 건 무책임하고 비열한 짓이다.

나는 '어차피'라는 말을 대단히 싫어하는데 '어차피'라는 말은 결과가 이미 정해져 있고 내가 할 수 있는 일은 없다는 느낌을 주기 때문이다.

소확행은 우리가 살아가야 할 나날에 잠시의 활력소가 되는 정도면 충분하다. 행복을 느끼기 위해서는 당연히 일상의 행복에 만족할 줄 알아야 한다. 하지만 우리를 살아가게 하는 힘은 목적에서 나온다. 내가 가고자 하는 방향, 이루고자 하는 목표가 살아야 할 이유를 준다.

몽테뉴는 위대하고 영광스러운 인간은 목적을 갖고 사는 자라고 했다. 모두가 위대하고 영광스러운 인간이 될 필요는 없다. 될 수도 없고 되지 못한다고 압박을 받을 필요도 없다. 몽테뉴가 말하는 위대하고 영광스러운 인간은 역사적 위인이나 사회적으로 인정받는 사람이 아니라, 목적 있는 삶을 사는 사람이다.

목표를 정하는 것은 현재를 즐겁게 만든다. 스스로 목표를 선택하고 추구하는 과정에서 사람들은 통제감의 욕구를 충족하고 만족감을 경험한다. 이것이 삶의 의미다. 의미는 긍정적 정서와 함께 행복의 구성 요소 중 하나다. 긍정적 정서는 충분히 느끼지만 의미 없는 삶은 예를 들면 마약 중독자의 삶과 같다. 행복해지기 위해 긍정적 정서가 중요하다면 마약을 하면 된다. 하지만 그렇게 사는 것이 무슨 의미가 있을까. 의미를 말하지 않는 소확행은 마약과 같은 것이다.

융은 아무리 작은 일이라도 의미가 있으면 의미 없는 큰일보다 가치 있다고 했다. 지금 우리가 배워야 할 것은 자신이 살아갈 목적을 정하고 하는 일에서 의미를 찾는 것이다. 열정을 느끼고 자신의 잠재력을 발휘할 수 있는 일이라면 좋겠지만 그렇지 않아도 좋다. 일단은 살아갈 이유를 찾는 것이 우선이다. 소확행은 그다음 차례다. 소확행은 일상의 소중함을 일깨워주고 금세 소진되는 기본적 긍정 정서를 충족해준다는 점에서만 유용할 뿐이다.

우리가
집단주의 때문에 불행하다고?

몇 년 전 페이스북에서 '한국인은 왜 행복하지 못하는가'라는 제목의 글을 본 적이 있다.

'행복하지 못한가'가 아니고 '행복하지 못하는가'라니···. 우리말에 '못하는가'란 표현이 있었나. 어색한 맞춤법에 다소 신뢰가 떨어졌지만 평소의 관심사다 보니 끝까지 읽게 되었다. 그 글에 1만 3천 명이 넘는 사람들이 '좋아요'를 누른 만큼 꽤 기대했는데 글을 읽고 난 내 감정은 실망 그 자체였다.

문제의 '한국인은 왜 행복하지 못하는가'란 글에서는 2006년 월드컵 결승, 프랑스와 이탈리아의 경기에서 벌어졌던 지단의 '박치기 사건'을 예로 들었다. 그러면서 만약 한국에서 이런 일이 일어났다면 사적인 감정을 앞세워 국가의 중요한 경기를 망친 원흉으로 지탄받았을 것이라며, 누이를 모욕한 상대 선수를 들이받은 지단을 영웅으로 대접한 프랑스가 더 행복하기 쉬운 나라라는 논리를 펼친다.

프랑스인들은 개인감정을 국가의 승리보다 우선한 지단의 선택을 존중했고, 한국은 국가의 승리를 개인감정보다 우선하기 때문에 아마도 그런 일을 한 선수를 비난했으리라는 것인데 이런 논리는 개인주의 vs 집단주의라는 문화 구분에서 나온다.

개인주의 vs 집단주의는 심리학에서 문화를 구분하는 유일한 기준으로 쓰이는 개념이다. 개인주의와 집단주의는 한 사람이 자기 행동의 기준을 자기 자신에게 두는지 아니면 자신이 속한 집단에 두는지에 따라 나뉜다. 그런데 개인감정을 존중하는 개인주의 문화인 프랑스가 집단을 개인보다 우선하는 집단주의 문화인 한국보다 더 행복하다는 것이다.

나는 이 땅에 몇 명 없는 문화심리학자로서 개인주의 vs 집단주의라는 문화 구분을 대단히 싫어한다. 그 이유는 첫째, 그것이 문화를 다루기에는 지나치게 이분법적이고, 둘째는 거기에 서구 중심적인 진화론적 사고가 깊이 배어 있기 때문이다.

앞선 논리에 따르면 집단주의 문화권에 사는 사람들은 개인주의 문화권에 사는 사람보다 절대 행복할 수 없다. 행복의 정의 자체가 그렇게 돼 있기 때문이다. 행복은 개인이 느끼는 긍정적 정서인데, 개인주의와 집단주의를 구분하는 가정에 따르면 개인주의 문화의 개인이 긍정적 정서를 느끼기 쉽다. 그럼 당연히 개인주의 문화에서 행복을 느끼기 쉽지 않겠는가.

문제는 이러한 가정에서 이루어진 연구 결과로 집단주의 문화에서 사는 이들을 당연히 불행하다고 규정하는 것이다. 이제 불행한 집단주의 문화권에 사는 사람들이 행복해지기 위해 할 수 있는 선택은 단 한 가지. 자신을 얽매고 있는 집단주의 문화를 타파하고 개인주의 문화로 바꾸는 것이다. 집단주의 나라를 떠나서 개인주의 나라로 이민을 가든지.

비서구 지역을 낙후되고 미개하다고 규정하고, 서구 제국의 우월성을 앞세워 세계를 지배했던 제국주의 시대의 망령이 느껴진다면 지나친 생각일까.

위의 글에서 사용한 논리에는 또 다른 허점이 있다. 이 글은 프랑스인들이 지단을 높이 평가한 이유가 지단이 자기감정을 존중해서라고 가정하는데 과연 그래서였을까? 혹시 집단주의적 판단 때문은 아니었을까?

예를 들어 프랑스인들은 지단이 개인적인 업무(축구) 중이었음에도 누이(자신이 속한 집단의 구성원)를 욕하는 말에 울컥해 상대 선수를 들이받은 것에 감동해 프랑스라는 집단의 가치를 대표하는 영웅으로 추켜세운 것은 아닐까? 일리가 있는 것이 마테라치는 인종 차별적 발언으로 지단의 누이를 모욕했다.

알다시피 지단은 알제리계 프랑스인인데 인종이란 상당히 큰 범주의 집단이다. 다시 말해 프랑스인들이 지단을 높이 평가한 것은 대단히 집단주의적인 생각에서였을 수도 있다는 것이다.

어떤가? 프랑스는 개인주의 문화인데 그럴 리 없을 거라고? 설마 개인주의 문화 사람들은 가족에 대한 애정이 없을 거라고 생각하는 건 아니겠지? 개인주의 vs 집단주의 구분의 첫 번째 문제가 바로 이것이다. 지나친 이분법. 프랑스인들이 지단을 높이 평가한 것 자체가 개인주의 문화에서 비롯되었다는 사실은 증명할 방법이 없다.

또 하나, 위의 글은 한국에서 같은 일이 일어났다면 한국인들이 그 선수를 비난했을 것이라는 가정을 바탕으로 집단주의 문화를 비판한다. 그런데 그런 일이 일어나면 한국인들이 과연 그 선수를 비난할까?

예를 들어 아시안게임 결승에서 일본과 경기를 하고 있는데 어떤 일본 선수가 '위안부 운운'하면서 한국 선수의 여동생을 모욕하고 그 선수가 일본 선수를 들이받았다면? 이런 경우에 그 선수를 비난할 한국인이 있을까?

알고 있다. 상당히 과격한 예를 들었다는 것. 내 말은 이런 가정 자체가 무의미하다는 것이다. 왜냐하면 일어나지 않은 일이기 때문이다. 일어나지 않은 일로 어떤 대상을 비판하는 것은 말도 안 되는 일이다. 상상은 어떠한 주장의 근거가 될 수 없다.

마지막으로 '한국인은 왜 행복하지 못하는가'에서 주장하는 논리가 옳다면 집단주의 문화에서 살고 있는 사람들은 모두 불행해야 한다. 그런데 행복 지수에서 세계 상위권에 랭크되는 나라 중에는 부탄이나 방글라데시처럼 집단주의 문화를 가진 나라들도 있다. 한국인들이 집단주의 때문에 불행하다면 그들은 왜 집단주의 문화에 살면서도 행복한가?

　　개인주의 vs 집단주의는 행복을 가르는 기준이 될 수 없다. 개인주의 문화에서도 행복한 나라와 불행한 나라가 있고, 집단주의 문화에서도 행복한 나라와 불행한 나라가 있다. 오히려 집단주의 문화가 제공하는 사적 관계망과 정서적 지지는 행복을 예측하는 중요한 요인 중 하나다. 집단주의 문화가 우리 불행의 모든 원인이라고 생각하는 것은 그나마 우리가 갖고 있는 행복의 토대마저 걷어차는 짓이다.

　　한 가지 더, 집단의 가치를 개인의 가치에 우선하는 것 그리고 집단을 위해 개인이 희생할 수 있다고 믿는 것은 집단주의가 아니라 '전체주의'라고 한다. 전체주의의 폐해는 근대 세계사를 통해 충분히 확인할 수 있다. 개인의 행복에도 분명 부정적인 영향을 미쳤다. 그러나 집단주의는 전체주의가 아니다. 나를 둘러싼 이들을 조금 더 생각한다는 것이 내 행복을 저해할 거라는 생각은 지독히 이기적이며, 그런 생각 역시 개인주의가 아니라 '이기주의'라고 하는 것이다.

자존감은 좋고
자존심은 나쁘다는 말

행복에 있어 자존감은 대단히 중요하다. 그래서인지 개나 소나 자존감이 중요하다고 말한다. 가뜩이나 불행한 사람이 넘치다 보니 자존감의 중요성에 대한 책들이 우후죽순 돋아나고, 여기저기서 남을 치유해주겠다는 소위 '힐러'들도 자존감에 대해 한 자락씩 깔고 들어간다. 그들의 힐이, H.P.(헬스포인트, 체력), M.P.(마나포인트, 마법)가 다 떨어진 헬조선의 전사(?)들에게 과연 얼마나 효과적일지의 여부와는 별도로 그들이 사용하는 자존감 개념에는 적지 않은 문제가 있다.

그들에 따르면 '자존감(self-esteem)'이란 스스로 평가하는 자신의 가치로서 인간이 반드시 가져야 하는 좋은 속성이고,

'자존심(自尊心)'은 자신에 대한 타인의 평가이며 열등감과 대동소이한 어떤 것이다. 그래서 자존감은 소중히 여기고 키워야 하지만 자존심은 당장 버려야 할 것처럼 받아들여지고 있는 듯한데, 결론부터 말하자면 틀린 소리다. 심리학을 제대로 배웠다는 사람들도 이런 소리를 하고 있으니 복장이 터질 노릇이다.

나는 오랫동안 자존감은 좋고 자존심은 나쁘다는 말이 왜 잘못되었는지 힘주어 주장해왔다. 이 자리를 빌어 다시 한번 알려드린다.

자존감은 심리학에서 주로 통용되는 개념으로, 로젠버그라는 학자가 고안했으며 오랫동안 많은 연구를 통해 다듬어진 학술적 개념이다. 자존감은 사람들이 스스로를 높이 평가하는 경향을 말하는데, 이러한 경향은 문화에 관계없이 사람이라면 누구에게나 나타난다고 여겨진다.

반면 자존심은 한국 문화에서 한국인들이 일상생활에서 쓰는 용어다. 자존감과 자존심은 '자존(自尊)'이라는 한자가 겹치지만, 자존심은 학자가 학술적으로 정의한 적도 없고 심리학이나 행복 연구에서도 연구된 적이 없는 문화적 개념이다.

이렇게 서로 다른 배경을 가진 두 개념을 비교한다는 것이 가능할까? 더구나 한쪽은 좋고 한쪽은 나쁘다니, 무슨 근거로 이런 주장이 나왔는지 알 수가 없다.

자존심에 대한 연구는 심리학에서 딱 하나 있는데 그걸 연구한 사람이 바로 나다. 그리고 연구한 바에 따르면 자존심은 보편적 개념인 '자존감'의 문화적 형태다. 사람들에게 보편적으로 자신을 높이려는 경향이 있다면 그러한 동기가 한국에서 문화적으로 표현되는 것이 자존심이라는 말이다.

따라서 자존심과 자존감을 비교하는 것은 서로 다른 범주의 개념을 비교하는 오류에 해당한다. 자존심은 자존감의 하위 범주이기 때문이다. 쉽게 말하면 '자존심은 나쁘고 자존감은 좋다'는 주장은 '한복은 별론데 옷은 좋다'는 말이나 '축구는 싫어하는데 운동은 좋아한다'는 말과 같다.

한국의 문화적 개념인 자존심과 비교할 수 있는 것은 'pride' 같이 미국인들이 일상생활에서 사용하는 개념뿐이다. 'pride'가 미국 문화에서 미국인들이 자존감을 드러내는 방식이라는 가정에서 말이다.

이런 이야기를 꺼내는 이유는, 한국 문화에서 자존심은 정신 건강과 행복에 있어 매우 중요한 것이기 때문이다. 그런데 자존심이 나쁘다는 인식 때문에 자존심에 연연하는 자신을 미성숙하다고 생각하면서 다시금 불행해지는 상황이 안타까운 나머지 자존심에 대한 오해를 좀 바로잡고자 한다.

연구에 따르면 한국인들은 자존심을 매우 소중하게 생각한다. 자존심을 침해당하면 심한 경우에 살인도 불사할 정도다. 그래서 한국인들은 어떤 경우에도 자존심을 지키려고 노력하며 그 과정에서 허세를 부리거나 말도 안 되는 객기를 부리기도 한다. 아마도 이런 종류의 부정적 자존심 지키기에 대한 경험들 때문에 '자존심은 나쁜 것'이라는 주장이 힘을 얻게 된 것 같다.

그러나 자존심의 의미는 거기에서 그치지 않는다. 한국 문화에서 자존심은 한 사람의 긍지와 절개, 의기, 염치를 의미한다. 자존심은 살아갈 이유를 주며 인간으로서의 존엄을 지키고 나를 나답게 만들어준다. 또 무력감을 이겨내게 해주고 모든 것을 잃어도 다시 일어설 수 있는 힘을 주는 것이기도 하다.

한국인들이 자존심 때문에 부정적인 일까지 하는 이유는 그만큼 자존심이 갖는 의미가 크기 때문이다. 어떤 경우에도 자존심을 지켜야겠다는 동기가 있으니 방어적이거나 공격적인 태도까지 나타날 수 있는 것이다. 하지만 여기에는 개인적 성숙이나 여러 상황적 조건에 따른 편차가 있다. 자존심을 열등감의 발로로 드러내는 사람도 있지만 성숙한 내면을 바탕으로 자신의 가치를 지키는 데 사용하는 경우도 분명 있다는 얘기다.

자존심은 한국인들에게 '살아갈 이유'를 준다. 사는 게 힘들고 눈앞이 보이지 않을 때, 붙잡을 자존심이 한 가닥 있다면 우리는 그것을 붙잡고 어려움을 이겨내는 것이다. 자존심을 지키겠다는 마음은, 닥친 어려움에 굴복하지 않고 자신을 지키며 더 나은 결과를 향하게 하는 힘으로 이어진다.

세상에는 돈도 안 되고 남이 알아주지도 않지만 꼿꼿이 자기 자리를 지키는 이들이 있다. 그들을 지탱하는 것은 '내가 나의 길을 가고 있다'는 자존심일 것이다. 먹고살기가 어려워도 내가 가진 기술을 이어가겠다는 장인의 자존심, 초가삼간에 살면서도 고관대작에게 고개를 숙이지 않는 선비의 자존심, 감옥에 갈지라도 펜을 굽히지 않는 언론인의 자존심, 평생을 시간강사로 떠돌지언정 자신의 학문적 정체성을 지키는 학자의 자존심.

우리가 사는 세상을 살 만하게 만드는 이들은 일신의 안위와 눈앞의 향락을 좇는 이들이 아니라 자신의 분야에서 자존심을 지키는 이들이다. 현재 한국이 헬조선이라면 그 이유는 선비들이, 언론인들이, 학자들이 자존심을 내팽개쳤기 때문은 아닐까?

악당은 행복할까

만화에 나오는 악당은 여러모로 행복한 사람의 특징을 갖추고 있다. 〈배트맨〉에 나오는 조커나 〈드래곤볼〉의 프리저, 〈포켓몬스터〉의 로이, 로사 남매를 떠올려보자. 일단 잘 웃는다. (세계 정복 같은) 뚜렷한 목표가 있다. 사람들(부하)을 신뢰하고 그들이 때로 실패해도 용서하고 다시 기회를 준다. 부하들은 감사하며 맡은 일에 최선을 다한다. 이 얼마나 아름다운 모습인가.

반면 악당을 응징하고 정의를 지키는 영웅은 불행한 사람들의 전형적인 특징을 보여준다. 그들은 늘 화가 나 있고 일삼아 남들(대개 악당)의 꿈을 짓밟는다. 동료들끼리는 늘 갈등이 끊이지 않으며 용서나 감사 같은 덕목들은 영웅들에게 기대하기 어렵다. 자, 행복이 어디 있는지는 자명하다.

이쯤 되면 행복 연구들이 뭔가를 놓치고 있음이 확실하다. 악당들은 과연 행복하다고 할 수 있는가?

나는 재수를 했는데 첫 대학 입시에서는 법학과에 지원했었다. 그때 면접장에서 들은 수험생들의 지원 동기가 아직도 잊혀지지 않는다. "왜 법학과에 지원했냐"는 면접관의 질문에 함께 면접을 본 7, 8명의 수험생 중 너다섯이 "돈 많이 벌려고요"라고 대답했던 것이다.

사법 정의에 대해 묻는 교수의 추가 질문에 그들은 "그게 나랑 무슨 상관이에요. 저는 돈만 벌면 돼요"라고 대답했다. 26년 전 그날, 나는 법관 출신 고위 공직자들이 국정농단을 저지르고 대법원장이 부정한 재판을 지시하는 이 나라의 미래를 보았다. 그들은 저마다 자신의 행복을 추구했을 터다. 도대체 뭐가 문제란 말인가?

존 스튜어트 밀은 《자유론》에서 "자유는 우리가 타인에게 행복을 뺏으려 하지 않는 한 또는 타인이 행복을 얻고자 노력하는 것을 방해하지 않는 한, 우리 자신의 방법으로 우리의 행복을 추구하는 것"이라 했다. 대한민국 헌법 제10조는 모든 국민은 인간으로서의 존엄과 가치를 가지며 행복을 추구할 권리를 가진다고 규정하고 있다. 악당의 행복 추구는 왜 제한받아야 하는가?

그 이유는 악당들의 행동이 법을 어기고 사회를 혼란하게 만들기 때문이다. 다시 말해 악당들은 자신들의 행복 추구를 위해 다른 이들의 행복 추구권을 침해한다. 내가 갖고 싶다고 주인 있는 물건을 빼앗아서는 안 되며, 내 배가 고프다고 돈을 내지 않고 음식을 먹어서는 안 되는 것이다. 사법 질서를 지켜야 할 법관이 되겠다는 이들이 자신의 부와 명예를 위해 법학과를 지원했으니 나라가 혼돈의 카오스가 될 수밖에 없었던 것은 당연하다. 우리는 이런 이들을 악당이라 부른다. 그래서 악당의 행복은 행복이라 할 수 없다.

그렇다면 영웅들은 어떤가? 정의를 수호하는 일은 불쾌한 감정을 수반하는 일이다. 늘 화가 나 있고 동료들과 다투는 영웅들은 불행하다고 할 수 있는가? 결론적으로, 그렇지 않다. 영웅들의 행동은 다른 이들의 행복과 공공의 선을 위한 것이다. 그들의 행위로 수많은 사람이 행복해지고 그들 자신도 정의로운 세상을 만들겠다는 목적의식, 즉 삶의 이유를 충족하는 삶을 살고 있다. 늘 화가 나 있고 자기들끼리 싸움이 그칠 날이 없지만 영웅들은 행복하다. 자신이 그 일을 왜 해야 하는가에 대한 이유만 명확하다면.

물론 세상은 선과 악으로 명확하게 나눌 수 없다. 사람들도 악당과 영웅으로 구별되지 않는다. 그러나 우리가 추구하는 행복에는 기준이 필요하다. 무조건 자신이 원하는 것을 추구해서 얻는다고 그것이 행복이 될 수는 없는 것이다. 그러나 우리는 나의 욕구가 충족되지 않는 상황을 불행으로 규정하고 불행해 하는 경향이 있다.

실제로 정신 역동 이론에 따르면, 자연스러운 욕구를 억압하는 것은 정신 건강에 해롭다. 그러나 인간은 자신의 모든 욕구를 충족하면서 살 수는 없다. 타고난 능력상 어려운 경우도 있고, 법이나 규범에 의해서 금지된 욕구일 수도 있다. 사회에 법과 규범이 존재하는 이유는 인간이 사회를 떠나서는 살 수 없기 때문이다. 내가 원한다고 해서 법과 규범을 어기면 다음 번에는 같은 이유로 내가 피해를 입을 수도 있는 것이다. 누구나 자신의 욕구만 좇는다면 사회는 유지될 수 없다.

철학자 임마누엘 칸트는 욕망만을 추구하는 것은 행복이라 할 수 없으며, 행복해지려면 자격을 갖춰야 한다고 주장한다. 그 자격이란 예능 프로그램인 〈알쓸신잡〉에도 나왔던 그 내용이다.

첫째, 스스로 세운 규범에 따라 행동하되 그것이 보편 법칙이 될 수 있도록 하라는 것이고 둘째, 자기 자신을 포함하여 모든 사람을 언제나 수단이 아닌 목적으로 대하라는 것이다.

여기서 칸트의 정언 명령을 설명할 생각은 없다. 나도 요 정도밖에 모른다. 중요한 것은 행복은 무조건적인 욕구 충족에 있지 않다는 것이다.

그러나 또 한편, 인간은 법만으로도 살 수 없다. 인간이 다양한 욕구를 가진 것 역시 부정할 수 없는 사실이다. 욕구를 지나치게 억압하거나 억제하면 병이 난다.

그래서 중심을 잡는 나의 존재가 중요하다. 프로이트가 '에고(ego, 자아)'라고 한 개념이 그것이다. 건강한 자아를 가진 사람은 자신의 삶의 목표와 방향을 설정하고 욕구와 규범 사이에서 균형을 잡을 줄 안다. 결국 행복은 나로부터 나온다는 이야기다. 자존감은 그다음 문제다.

행복으로 향하는 이정표는 영어로 돼 있다

플로(Flow), 그릿(Grit), 스눕(Snoop), 패션(Passion), 마인드풀니스(Mindfulness), 휘게(Hygge)….

서점 한구석에 확고하게 자리잡은 '행복' 코너에는 이런 종류의 책들이 가득하다. 아마 이미 많은 독자들이 보았을 테고 몇몇 분의 책장에 꽂혀 있기도 할 것이다. 우리가 이런 책을 사서 보는 이유는 당연히 행복해지기 위해서다.

간단하게 이 개념들의 뜻을 살펴보면, '플로'는 시카고대학교 교수 미하이 칙센트미하이가 제안한 개념으로 긍정 심리학의 대표적인 연구 주제다. 플로는 물 흐르듯이(flow) 자연스럽게 뭔가에 집중하는 경험을 의미한다.

'그릿'은 긍정 심리학의 아버지 마틴 셀리그만의 제자이자 펜실베니아대학교 심리학과 교수인 앤절라 더크워스가 밀고 있는 개념으로, 자신이 세운 목표를 달성하기 위해 열정을 갖고 온갖 어려움을 극복하며 지속적인 노력을 기울일 수 있게 해주는 마음의 근력을 의미한다.

'스눕'은 텍사스대학교 심리학과 샘 고슬링이 개념화했는데 누군가의 소지품, 책상 정리 상태 등 비언어적 단서를 가지고 상대를 꿰뚫어보는 힘을 말한다.

흔히 열정이라 번역되는 '패션'은 고통을 뜻하는 라틴어 'passio'에서 유래했다. 이 용어가 프랑스를 거쳐 영어권 국가로 전달되면서 연인들의 사랑을 의미하는 말로 바뀌었다. 연인들의 불같은 사랑은 때로 격렬한 고통마저 동반하기 때문이다.

'마인드풀니스'는 '마음 챙김'이라는 어색한 용어로 번역하고 있는데, 불교의 수련 방법인 명상이 사람들의 스트레스를 줄이고 창의력 증진, 정신력 강화 등에 도움이 된다는 사실이 밝혀지면서 긍정 심리학 계열에서 각광받고 있는 주제다. 우리가 마음 공부, 수양, 수련 등으로 표현하는 명상을 영어로 옮긴 것이 마인드풀니스다.

마지막으로 '휘게'는 요즘 한창 유행하는 북유럽 라이프 스타일로 편안하고 소박한 즐거움을 의미한다.

이런 개념들을 알거나 실천하면 행복해진다는 이야기인데

이쯤 되니 드는 의문이 있다. 우리는 이런 것들을 몰랐었나?

플로는 몰입으로 번역된다. 우리말에도 '물 흐르듯'이라는 표현이 있지만 이 경우는 '순리에 따르는'이라는 뜻에 가깝기 때문에 '몰입'으로 옮기고 있다. 그릿의 원뜻은 돌 같은 것이 마찰될 때 나는 뿌드득(빠드득, 까드득) 하는 소리다. 여기서 빠드득 이를 악물면서 뭔가를 해내는 '기개', '배짱' 등의 뜻이 파생된 것이다. 우리말도 비슷한 뜻이 있다. 기개, 배짱도 뜻이 닿지만 '이를 악물고'라는 점에서 '오기' 정도가 적당해 보인다.

스눕의 원뜻은 '기웃거리다', '꼬치꼬치 캐묻다', '~을 찾아다니다'다. 기웃거리며 뭔가를 찾아다닌다는 의미에서 탐정, 스파이라는 뜻이 나온다. 이런 사람을 우리는 '눈치 빠른 사람'이라고 한다. 즉, 스눕은 '눈치'다. 패션은 말 그대로 열정, 무언가를 위해 고통마저 감수하는 강한 에너지이고, 마인드풀니스는 '마음 수양', 휘게는 '안빈낙도(安貧樂道)'라 할 수 있다. 뜬금없어 보이지만 안빈낙도는 가난하지만 편안한 마음으로 즐겁게 산다는 뜻이니까 휘게하고 완전히 같은 뜻이다.

그동안 우리는 몰입할 줄을 몰라서 불행했던가? 눈치가 없고 끈기가 없어서 성공하지 못했고, 명상을 몰라서 스트레스에 시달리고, 열정이 없어서 삶이 지루하다고 느꼈던가? 고등학교 교과서에도 나오는 안빈낙도를 몰라서 매일 돈돈 거리며 사느냔 말이다.

물론 문화적 배경이 다른 개념을 옮기는 것은 어려운 일이다. 떡이 'rice cake'가 아니고 도토리묵이 'acorn jelly'가 아닌 것처럼. 그러나 플로나 그릿, 스눕, 패션 등은 몰입, 끈기, 눈치, 열정으로 바꿔도 충분히 뜻이 통한다. 심지어 마인드풀니스는 우리가 가진 개념을 영어로 번역한 용어를 다시 들여온 것이다. 이게 무슨 서쪽의 웨스트에서 불어오는 바람의 윈드를 맞으며 운명의 데스티니와 마주하는 상황이란 말인가.

이러한 일들이 일어나는 이유는 우리에게는 뭔가 좋은 것이 나올 수 없다는 생각 때문이다. 우리에게 있는 것은 다 후지고 버려야 할 것들이니 지금보다 더 나아지기 위해서는 밖에서 답을 찾을 수밖에 없다는 것이다.

이런 생각은 가깝게는 구한말에 들어온 사회진화론적 세계관으로부터일 가능성이 크다. '진화하지 못해서' 나라를 잃었다고 생각했던 사람들은 우리나라의 모든 것을 서양에 비해 낙후되었다고 생각했다. 우리말도 마찬가지다.

광복 이후, 미국이 우리나라에서 세계의 표준(standard)으로 자리매김하면서 이 같은 경향은 더 심화되었다. 우리는 같은 대상이라도 한국어로 말하면 왠지 촌스럽고 후진 느낌을 받고, 영어로 말하면 세련되고 있어 보이는 느낌을 받는다. 마늘은 입 냄새 날 것 같고 갈릭은 향긋할 것 같은 그런 느낌 말이다. 이런 예는 한둘이 아니다.

이러한 습관의 기원은 조선 시대 이전으로 올라간다. 양반들은 한글을 '언문', '암클'이라 무시하고 일상생활에서도 어려운 한자말을 섞어 쓰며 자신들의 권위를 과시했다. 작금의 지식인들이 방송에서 영어를 섞어 쓰며 자신들의 권위를 과시하는 것처럼.

특히 '있어 보이고 싶은' 욕구가 절정에 이르는 패션계의 언어는 정말이지 가관인데 '보×병신체'라고 들어보신 분들 계실 것이다. 나도 가방끈깨나 늘린 사람이지만 학계의 언어도 크게 다르지 않다. '행복'은 왜 '해피니스'라고 안 하는지 모를 지경이니 말이다.

누군가는 플로나 그릿 연구의 결과를 참고하면 몰입과 오기 같은 것을 실생활에서 좀 더 잘 적용할 수 있지 않겠느냐고 말할지 모른다. 몰입이나 오기는 일상적인 개념이지만, 플로나 그릿 같은 것들은 학자들이 연구한 개념이기 때문에 더 잘 체계화되어 있을 테니 말이다. 맞는 말이다.

그런데 왜 우리는 몰입이나 오기, 눈치에 대해 연구하지 않았을까? 오죽하면 명상에 대한 연구가 하나도 없어서 외국에서 연구한 걸 다시 마인드풀니스라고 따로 배우고 있느냔 말이다. 이런 상황에서 그릿이니 휘게니 하는 것은 내가 가지고 있는 것도 모르면서 모르는 것을 갖겠다고 나서는 꼴이다. 그렇게 해서 행복해지는 사람들은 책 팔아서 돈 버는 이들과 무슨 프로그램 만들어서 연수 과정 돌리는 사람들뿐일 것이다.

치르치르의 파랑새를 아는가. 치르치르와 미치르는 파랑새를 찾기 위해 온 세상을 돌아다녔지만 그토록 찾으려 했던 파랑새는 이미 그들의 집에 있었다.

행복해지려는 이여, 어디서 무엇을 찾고 있는가. 지금 당신은 휘게를 몰라서 불행한가?

•

4장

내가 원하는 인생을
살기 위해서는

나는 불안하다, 고로 존재한다

행복에서 가장 먼 감정 중 하나는 불안이다. 불안은 자신의 존재를 위협받을 때 나타난다. 현대 한국인들에게 있어 존재를 위협받을 만한 위험은 '변화'다. 현대는 인류 역사상 가장 많은 변화가 있었고 또 앞으로도 예상되는 시대다.

특히 한국 사회는 서구 사회가 200년 이상 걸쳐 이뤄온 변화를 50~60년 동안 따라잡아 왔다. 현재 생존해 있는 노인 세대들이 태어나고 자랄 때만 해도 한국은 농경사회였다. 50~60대가 사회에 발을 내딛던 때는 개발이 한창인 산업시대였지만 20대가 사회에 진출하고 있는 현재는 4차 산업혁명이 진행 중이다.

대부분 한국인들이 근현대의 빠른 변화에 잘 적응해온 듯하지만 이는 내면적으로 극심한 불안을 견뎌낸 결과였다. 그리고 그 불안의 크기는 점차 임계점을 넘고 있다. 사회의 불안 수준이 높아지면 사람들은 변화를 두려워하게 된다. 지금도 어렵게 유지하고 있는 나의 일상이 언제 붕괴할지 모르기 때문이다.

변화가 사람들에게 요구하는 것은 적응이다. 새롭게 바뀐 환경에 적응하지 못하는 것은 곧 사회에서의 도태를 뜻한다. 이것이 현대인들이 갖게 되는 가장 큰 불안이다. 이러한 불안은 사회적 인정 욕구 및 우월감 욕구와 밀접하게 관련된다.

도태될지 모른다는 불안을 없애기 위해 사람들은 우선 다른 이들에게 뒤처지지 않으려 노력한다. 여기서 다른 이란 대개 사회에서 성공한 이들이다. 다른 사람들이 입는 옷을 입고, 다른 사람들이 타는 차를 타고, 다른 사람들이 사는 집에 사는 것이 인생의 목표가 되는 것이다.

지난 수십 년간 눈부셨던 한국의 성장은, 변화로 인한 불안을 회피하고자 했던 한국인들의 욕구에 도움받은 면이 크다. 그러나 이제는 더 이상 과거와 같은 방식으로 불안을 해결할 수 없는 시대가 되었다. 지금의 20대는 과거의 20대들이 들였던 노력의 몇 배를 기울이지만 그들이 얻을 수 있는 부와 성공의 기회는 과거와 같지 않다.

이러한 현상이 지속되면 변화를 거부하는 움직임이 나타난다. 여성의 사회 진출이 늘어나면서 나타난 여성 혐오, 동성

애와 같은 새로운 가치의 등장으로 인한 동성애 혐오, 다문화 사회로 접어들면서 보이기 시작하는 인종 혐오 등은 그러한 불안의 결과들이다.

최근 부쩍 늘어난 사회적 혐오의 이면에는 변화된 사회에서의 도태를 두려워하는 이들의 내적인 불안이 있다. 즉, 혐오는 불안을 해결할 대상을 찾지 못하거나 그것과 직면하기 두려운 이들이 선택한 방어기제, 전치다.

전치란 쉽게 말해, 종로에서 뺨 맞고 한강에서 화풀이하는 것이다. 내 욕구를 좌절시킨 사람에 대해서는 분노나 공격성을 드러내지 못하고 나보다 약한 이들에게 그것을 표출하는 식이다. 예로 든 혐오와 함께 요즘 소위 분노조절장애를 가진 사람이 늘어나는 것 역시 같은 이유에서일 것이다.

변화가 두려우면 또한 과거에 집착하게 된다. 과거에는 익숙함, 즉 안정감이 있기 때문이다. 수년 전부터 우리 사회에 불고 있는 복고 열풍의 이면에는 변화에 대한 두려움이 자리하고 있다. 변화에 직면하거나 변화를 받아들이지 못하고 아름다웠던 과거의 기억 속에서 행복을 찾으려 한다. 이는 퇴행이다.

현대인들의 불안은 빠른 속도로 변해가는 사회에서 '과연 살아남을 수 있을 것인가' 하는 절박함에서 비롯된다. 그러나 대개의 사람들에게 불안은 큰 고통이지만 한편으로 삶을 이어갈 수 있게 해주는 원동력이 되기도 한다. 불안해지면 우리의 몸과 마음은 예상되는 부정적 결과를 방지하거나 회피하도록 준비 태세를 취하는데, 이를 '투쟁-도주 반응'이라 한다. 불안을 느끼고 이에 대해 반응하는 과정에서 인간은 생존 가능성을 높일 수 있는 것이다.

따라서 불안을 느낀다는 것은 그만큼 생존의 욕구가 강하다는 것을 의미한다. 생존의 욕구는 중요하다. 살아 있어야 행복도 느낄 수 있다. 문제는 불안을 어떻게 해결하느냐다.

심리학자이자 철학자 키에르케고르는 '실존적 불안'이라는 개념을 제안했다. 실존이란 주체로서의 삶이다. '살기 위해 사는' 것도 아니고 '살아지니까 사는' 것도 아닌 살아야 하는 이유와 목적을 갖고 그것을 향해 가는 삶이 진정한 나의 삶이라 할 수 있다.

그러기에 실존을 위해서는 많은 고민이 필요하고 이 과정에서 불안을 만나게 된다. 불안을 너무 민감하게 받아들이고 바람직하지 못한 방식으로 해결하려 하면 병이 되지만, 나의 불안이 어디서 비롯된 것이고 그것을 해결하기 위해서 무엇을 해야겠다는 의지가 있다면 그 불안은 실존적 불안이 될 수 있다.

어떻게 살아야 제대로 사는 것일까. 왜 나는 행복하지 않을까.

우리를 불안하게 만드는 의문들은 실존에 대한 물음과 다르지 않다. 불안 자체에 사로잡혀 불안에서 회피하는 데 급급한 삶을 살 것인가. 생존에 대한 불안을 실존에 대한 불안으로 바꾸어 진정한 자신의 삶을 살 것인가. 불안은 내가 살아 있다는 존재의 증거이며 나의 삶을 실존으로 이끌어줄 동력이다.

중이 절을
바꿔야 할 때도 있다

옛말에 "절이 싫으면 중이 떠나라"는 말이 있다. 옛말에 틀린 말 없다지만 개인적으로 동의할 수 없는 말이다. 물론 중이 떠나는 편이 훨씬 쉽다. 하지만 중이 절을 마음에 들게 바꿀 방법은 없을까?

행복 연구에서 이야기하는 행복해지는 방법들은 지극히 개인적인 실천이다. 몰입을 경험해라, 용서해라, 감사 일기를 써라, 긍정적 사고방식을 가져라…. 이러한 방법은 근본적으로 '중이 떠나'는 방식이다. 행복해지기 위해서 바꿔야 할 것이 정말 나 자신뿐일까?

몇 년 전 아침형 인간이 대유행이었다. 조금 더 일찍 일어나 자기계발을 하는 아침형 인간이 성공할 수 있다는 것이다. 슬픈 일은 이미 일찍 일어나서 밤늦게까지 일하느라 정신없는 직장인들이 아침형 인간이 되기 위해 가뜩이나 부족한 잠을 더 줄이고 자기계발을 위해 메마른 지갑을 더 쥐어짰다는 점이다. 그래서 많이들 성공하셨을까.

이런 프레임의 문제점은, 행복하지 않은 원인이 자신에게 있다고 믿게 만든다는 데 있다. 여전히 성공과는 거리가 먼, 여전히 행복하지 않은 이유가 자신이 더 일찍 일어나지 않아서라고 여기고 더 긍정적이지 못한 자신을 질책하며 자학하게 되는 것이다.

그러나 내가 행복하지 않은 원인은 자신의 외부에 있을 수도 있다. 이를테면 사회적 조건이나 상황 같은 것들 말이다. 한국 사회는 분배의 불평등, 고용 불안정, 부족한 사회 안전망, 공정하지 않은 경쟁 구도 등 사람들이 행복을 느끼기 어려운 여러 가지 문제를 가지고 있다. 그리고 이러한 문제들은 감사 일기를 쓰거나 긍정적 사고방식을 갖는다고 해결될 종류가 아니다.

자신이 살아가는 사회에 관심을 갖고, 자신의 이익을 대표할 사람에게 투표하고, 공공의 행복을 해하는 부당한 일에는 분노하고 때로는 힘을 모아서 없앨 것은 없애고 바꿀 것은 바꾸는 등 우리는 행복을 위해 적극적으로 나서야 한다.

현대사회에서는 그런 일을 하는 이들을 '시민'이라 한다.

시민이란 도시에 사는 사람을 일컫는 말이 아니다. 시민은 자발적이고 능동적인 행위의 주체로, 사회를 구성하고 움직여가는 주체다.

현대사회의 시민은 자유와 평등, 행복을 누릴 권리를 가지며, 동시에 이를 억압하고 제한하는 압제로부터 저항할 권리를 갖는다. 또 시민들에게는 다른 시민들의 자유와 평등, 행복을 존중하고, 그러기 위해 시민 사회를 건전하게 유지·발전시킬 책임이 있다.

시민의 반대말은 '신민(臣民)', 즉 누군가의 신하 또는 노예로 사는 이들이다. 신민은 주어진 환경과 조건을 어쩔 수 없는 것이라 믿고 다른 사람이 가진 것만을 부러워하며 수동적으로 산다. 이들이 선택할 수 있는 최대치는 더 나은 조건을 제공해주는 새 주인을 찾는 것 외에는 없다.

우리는 노예로서의 삶을 거부하고 자주와 독립을 위해 목숨까지 내던진 이들을 기억한다. 왜 그들은 보장된 행복을 걸어차고 가난과 고통뿐인 삶을 선택했을까. 행복은 개인적인 측면에만 있지 않다. 우리에게는 시민으로서의 권리와 책임이 있다.

긍정적인 기분을 느끼려면 독립운동 따위는 하지 않는 게 옳다. 뉴스 같은 건 멀리해야 한다. 뉴스에는 불쾌하고 화나는 일들이 가득하기 때문이다. 하지만 불편함을 외면하는 것이 과연 진정한 행복에 이르는 길일까? 행복 연구들은 책임 있는 시민이 되기 위해 불쾌한 감정을 이겨내고 당장의 행복과는 관계 없는 어떠한 가치를 위해 살아야 할 필요도 있다는 사실은 왜 언급하지 않는 걸까.

한국의 스님들은 나라가 위기에 처할 때 무기를 들었다. 다른 나라의 불교에서는 찾기 힘든 현상이다. 불교는 애초에 개인의 깨달음을 중시하는 종교이기 때문이다. 그럼에도 불구하고 스님들이 계율을 어기고 사람을 죽이는 흉기를 잡은 이유는 중생들에 대한 사랑 때문이다.

모든 사람은 관계 속에서 존재한다. 중이 중일 수 있는 이유는 그들이 중생들과 다르지 않고 중생 속에서 존재하기 때문이다. 나의 깨달음을 위해 중생들의 고통을 외면하는 것이 과연 깨달음의 길이요, 부처의 가르침일까. 이런 이유로 스님들은 무기를 들었던 것이다.

우리나라의 민초들 역시 마찬가지다. 역사적으로 나라가 위기에 처했을 때 누구보다 앞장서서 힘을 보탠 이들은 귀족과 사대부가 아닌 이름 없는 민초들이었다. 그들이 평소에는 세금과 노역으로 괴롭히고 정작 위험에 닥치면 자신들을 버리는 나라를 위해 일어선 이유를 맹목적인 애국으로 이해하려 해서는 안 된다. 그들은 내 옆에서 죽어가는 사람들을 살리려고 일어난 것이다. 거대한 외세의 힘 앞에 스러질 한 줌도 안 되는 이들이었지만 그들은 내 가족, 내 아이, 내 이웃을 위해 나섰고 잊혀져 갔다. 그리고 우리는 그들의 희생 위에 이 자리에 서 있다. 자신의 개인적 꿈을, 보장된 미래를, 일상의 행복을 내던진 그들의 삶을 어리석었다고 할 수 있는가.

주모, 여기 국뽕 한 사발

"주모~!"

BTS가 빌보드 차트 1위를 차지했다거나, 손흥민이 다섯 경기 연속 공격포인트를 올릴 때, 한국 제품이 세계 시장을 휩쓸고 한국인들이 세계적으로 인정받을 때 우리는 주모를 찾는다. '국뽕 한 사발'을 내올 주모 말이다.

국뽕은 나라 '나라 국(國)'에 히로뽕(필로폰)의 '뽕'을 합친 말로, 나라에 대한 자부심에 과도하게 도취된 상태를 말한다. 최근 인터넷 커뮤니티에서 심심찮게 볼 수 있는 국뽕에 대해서는 두 가지 상반된 입장이 있다. 한국인의 성취를 자랑스러워하는 것이 뭐가 문제냐는 이들과 지나친 애국주의는 해롭다는 관점이다.

국뽕을 경계하자는 주장은 일리가 있다. 자국에 대한 과도하고 맹목적인 애국심을 국수주의 또는 쇼비니즘(chauvinism)이라 하는데 이는 필연적으로 다른 나라에 대한 무시와 차별로 이어질 가능성이 크기 때문이다. 그것이 어떤 결과를 낳았는지는 세계사를 보면 뼈저리게 느낄 수 있다.

그러나 최근 나타난 주모 찾기 현상이 정말 맹목적인 애국심이나 국수주의의 발로일까? 한국과 한국 문화만이 우수하다고 믿는 한국인들이 결국에는 나치당을 만들어 세계를 제3차 세계대전으로 이끌까? 나는 별로 그럴 것 같지 않다.

국뽕을 경계해야 하는 경우는 그것이 맹목적일 때다. 다시 말해 객관적 자기 인식을 하지 못하고 우리가 세상에서 제일 잘났고 그러니까 너희들은 못났다고 생각하는 경우다. 자기객관화가 되지 않은 사람은 자기만의 세계에 갇혀 자기만 옳다고 믿고 다른 이를 자신을 위해 희생해야 할 도구로 여긴다. 국뽕은 이때 국수주의(쇼비니즘)가 된다.

그러나 (당연하게도) 모든 국뽕이 국수주의가 되는 것은 아니다. 국뽕에는 집단 자존감(collective self-esteem)이라는 아주 중요한 동기가 내재되어 있다. 자존감의 중요성에 대해서는 잘 알 것이다. 사람들은 자신을 높이 평가하는 경향이 있고 또 그래야 정신 건강을 유지하고 삶에 능동적으로 적응할 수 있다.

지금도 서점에는 '자존감 높이는 법'에 대한 책들이 수두룩 빽빽이다.

개인 수준의 자존감은 자신이 속한 집단 수준에도 적용된다. 집단 정체감 이론의 권위자 헨리 타지펠은 사람들이 자기 자신에 대한 정체감을 갖고 자존감을 유지하는 것처럼, 자신이 속한 집단에 대해서도 정체감을 갖고 자신의 집단을 타 집단보다 긍정적으로 평가하려는 경향이 있다고 주장한다.

고대 역사가 헤로도토스부터 언급되던 자민족 중심주의(ethnocentrism)는 이유가 있는 것이다. 어떤 사람(민족)이나 자신들이 가장 우수하고 가장 뛰어나다고 생각하기 마련이다. 국뽕은 인간 사회에서 나타나는 보편적 경향성이며 개인의 심리적 안정 및 행복에 지대한 영향을 미친다. 상식적으로 개인의 자존감이 개인의 바람직한 생활과 행복에 그렇게 중요한데 집단 차원의 자존감은 아무런 의미가 없을까?

물론 자기객관화가 되지 않은 국뽕은 위험하다. 다시 말할 필요도 없다. 하지만 자신의 긍정적인 면은 보지 못하고 비판만 하는 것 역시 자기객관화는 아니다. 오히려 대단히 병리적인 자기 인식에 가깝다. 자존감이 낮은 사람들이 정신적으로 건강하다는 얘기는 못 들어봤다.

국뽕을 지나치게 경계하는 이들은 나치와 파시즘의 광기를 목격했던 서구의 지식인들과 그 영향을 받은 사람들이다.

물론 그들의 입장을 이해할 수는 있다. 민족주의가 국수주의가 되고, 국수주의가 전체주의가 되는 역사를 눈앞에서 본 사람들일 테니 말이다. 그러나 민족주의라는 말만 들어도 알러지 반응을 일으키면서 국뽕을 나치와 동급으로 취급하는 것은 문제가 있다.

한국의 일부 지식인들은 '민족(nation)'이 국민 국가 시대에 만들어진 허구적 개념이므로 민족을 앞세우는 그 어떤 행위도 타당하지 않다고 주장하는데, 이러한 인식은 일부만 옳다.

민족이란 18~19세기경 유럽에서 생겨난 개념이다. 이전까지 가문과 지역으로 느슨하게 나뉘어 있었던 유럽은 산업혁명 이후, 자원과 노동력을 확보하기 위해 더 넓은 영토와 많은 인구를 필요로 했다. 수많은 전쟁이 벌어졌고 국경선이 날마다 새로 그어졌다. 당시 유럽 제국은 새롭게 정해진 국경선에 맞는 새로운 정체성을 만들기 위해 타민족의 침입에서 나라를 구한 민족 영웅을 발굴하여 동상을 세우고, 중구난방이던 왕실 행사 같은 것들을 정비하여 민족적 정체성을 강조했다. 이러한 과정에서 만들어진 것이니만큼 민족이라는 개념은 허구라는 것이다.

이 설명은 근대 유럽에는 적용할 수 있지만 그 외의 지역에 대해서는 의문이 따른다. '겨레'라는 말은 19세기에 나타난 민족과는 별개로 존재했었다. 한·중·일 동아시아만 해도 서로를 문화와 언어가 다른 타자로 인식해온 세월이 최소 천 년 이상이다. 고구려, 백제의 유민은 당나라를 몰아내기 위해 신라와 힘을 합쳤고 임진왜란 때 의병들은 왜군을 몰아내려고 일어섰다.

인간은 타자와 구분되는 자신만의 정체성이 필요한 존재이며, 인종, 언어, (역사와 문화를 공유하는) 민족 등은 자신의 정체성을 확인할 수 있는 중요한 수단이다. 따라서 민족이란 개념이 발명되었을지는 모르지만, 그전에는 민족과 비슷한 개념이 없었을 거라고 생각하기는 곤란하다.

더 큰 문제는 민족이 허구라는 인식이 현대 세계를 이해하는 데 별로 도움이 되지 않는다는 사실이다. 역사와 문화, 언어를 공유하는 사람들은 지금도 국가를 구성하는 중요한 집단이며, 현대사회를 구성하는 시민의 모태이기도 하다. 상황이 이런데도 자신은 '세계시민'이라면서 국가니 민족이니 하는 아무 의미 없는 것으로 만족을 느끼는 이들을 미개인 취급하는 태도는 시민사회의 이익에도, 개인적 행복에도 도움이 되지 않는다.

건전하고 적당한 국뽕은 자기객관화의 방향이며, 세계화 시대에 국제 사회의 일원으로서 건강한 자존감을 갖고 일상에서 긍정적인 정서를 찾는 한 가지 방법이다.

내가 정말로 원하는 게
무엇인지 아는 일

징징이는 어린이들이 많이 보는 미국 애니메이션 《스펀지밥 네모바지》의 주인공 중 하나다. 바닷속 마을 비키니시티를 무대로 하는 이 만화는 해면동물인 스펀지밥과 불가사리 친구 뚱이, 오징어 징징이, 바닷게 집게 사장 등 수많은 바다 생물이 벌이는 여러 가지 이야기를 보여준다. 1999년 첫 방송을 시작한 이 시리즈는 현재까지 12시즌이 넘도록 제작되고 있으며, 만화는 애들이나 보는 거라는 고정관념에 걸맞지 않게 현대사회와 자본주의에 대한 날카로운 풍자를 담고 있다. (스펀지밥을 모르시는 분들을 위한 설명은 여기까지.)

징징이 이야기를 꺼낸 것은 이 캐릭터가 행복과는 거리가 먼 삶을 살고 있기 때문이다.

스펀지밥과 징징이는 돈밖에 모르는 집게 사장이 운영하는 집게리아의 점원이다. 스펀지밥은 요리사이고, 징징이는 계산대에서 주문을 받는다. 스펀지밥은 열악한 근무 조건에서도 언제나 즐겁게 노래를 부르며 버거 패티를 굽는 반면 징징이는 특유의 우울한 표정으로 매사에 심드렁하다.

징징이는 현대사회의 직장인들을 상징한다. 옛말에(?) 징징이를 보고 '쟤는 왜 맨날 죽상이야?'라고 생각하면 어린이고, 스펀지밥을 보고 '쟤는 뭐가 좋다고 맨날 웃고 있어?'라고 생각하면 어른이 된 거라는 이야기가 있다.

징징이처럼 우리는 떠지지 않는 눈꺼풀을 들어 올리고, 떨어지지 않는 발걸음을 옮겨 직장으로 향한다. 일하는 게 너무 행복하고 월요일이라 출근할 수 있어서 좋다는 아무 생각 없는 스펀지밥의 노래를 듣고 있으면 짜증이 치밀어 오른다.

그런데 이 만화에서 불행의 아이콘인 징징이가 유일하게 행복해 보이는 순간이 있다. 퇴근해서 클래식 음악을 들으며 우아하게 커피를 마시고 유일한 취미인 클라리넷을 연주할 때다. 뭐, 패스트푸드점 캐셔라고 클래식 음악 듣기 같은 취미를 갖지 말란 법은 없지만 징징이는 일단 클라리넷에 재능이 없다. 기본적인 음정과 박자마저 무시한 징징이의 연주를 좋아해주는 건 징징이 자신과 매사에 행복한 스펀지밥뿐이다.

늘 자신이 불행하다고 생각하는 징징이가 행복을 느끼는 대상이 소위 상류층의 문화라는 점은 시사하는 바가 많다. 징징이는 자신이 대단히 능력 있고 뛰어나기 때문에 집게리아 같은 데서 일할 사람, 아니 오징어가 아니라고 믿는다. 집에 오면 징징이는 와인을 마시며 거품 목욕을 즐기고 분재를 가꾸고 TV로 상류사회의 우아한 생활을 보면서 시간을 보내는데, 징징이의 행복한 시간은 거의 언제나 옆집 사는 스펀지밥과 뚱이의 저급한 취미 때문에 방해를 받는다.

징징이가 느끼는 행복과 불행은 평범한 직장인인 그의 일상이 아닌 그의 생각 때문이다. '아비투스(Habitus)'란 프랑스의 사회학자 피에르 부르디외가 만든 용어로, 교육을 통해 상속되는 무의식적 가치체계를 말한다. 어떤 사회에서 바람직하다고 생각되는 가치들은 의식적, 무의식적 학습의 결과다. 이러한 가치들은 어쩔 수 없이 문화자본과 연결되는데 결국은 문화자본을 생산하고 소유한 이들의 가치가 그렇지 않은 이들의 의식에 영향을 미치게 된다.

징징이는 어려서부터 보고 듣고 바람직하다고 생각한 상류사회의 취미와 행위 양식을 내면화하여 자신의 의식에 받아들였다. 마르크스주의자들이 허위의식(false consciousness)이라고 부르는 것이다. 우리는 자신을 이해하고 있다고 생각하고 자신이 원하는 것을 안다고 생각하지만 그중에는 이러한 허위

의식의 결과들이 포함되어 있다.

징징이가 찾으려는 행복은 자신의 현실과 거리가 멀 뿐만 아니라 자신의 실제 모습과도 동떨어진 것에 불과하다. 추구하는 이상에 대비하여 현실은 더욱 남루해지고 함께하는 이들의 저급한 모습을 더 이상 견딜 수 없다. 내가 사는 세상을 지옥으로 만들고 나와 사는 사람들을 상종 못 할 이들로 만들어 얻어지는 행복이 행복이라 말할 수 있을까.

라캉이 말한 것처럼 우리는 다른 이들의 욕망을 욕망한다. 우리는 우리의 욕망이 누구에 의해서 어떻게 만들어진 것인지 모른다. 우리는 다른 이들이 바라는 것을 바라고 얻은 것들에 만족하고 이루어지지 않는 욕망에 좌절한다.

우리는 행복하고자 하지만 왜 행복해야 하는지 모른다. 더 넓은 세상을 보고 싶지만 왜 더 넓은 세상으로 나가야 하는지 이해하지 못한다. 내가 누군지도 모르지만 나답게 살기를 희망하고 내가 발전해서 무엇을 하겠다는 계획도 없이 자기계발서를 읽는다.

우리는 나답게 살기 위해 물건을 사고 더 넓은 세상을 보기 위해 남의 나라로 가는 비행기에 오른다. 내 인생을 찾기 위해 집 밖을 나서고 오늘도 한 뼘 발전했다는 뿌듯함에 잠자리에 들 것이다. 이런 삶이 행복한 인생일까?

행복하고 싶다는 우리의 욕망에는 뭔가 중요한 것이 빠져 있다. 그것은 내가 원하는 것이 무엇이냐는 물음이다. 나는 행복하고 싶은가? 행복이란 무엇인가? 나는 그 상태가 되고 싶은가? 나는 왜 그 상태가 되어야 하는가? 나는 어떻게 그렇게 될 수 있는가? 그 전에 나는 누구인가?

내 인생의 주인공이
내가 아니라면

징징이는 자신의 삶을 살아내는 데 실패한 현대인들의 자화상이다.

사람들은 다른 사람들이 만들어놓은 세상에서 다른 이들이 좇는 꿈과 목표를 좇으며 살아간다. 그러다가 그것들을 이루지 못하면 자신이 불행하다고 생각한다.

애초에 이 세상에서 모든 이들이 달성할 수 있는 목표란 있을 수 없다. 더구나 그것이 남들이 설정해놓은 목표라면 말할 것도 없다. 따라서 자신의 행복을 남이 설정한 목표로 정하고 불행하다고 하는 것은 자신의 삶에 대한 바람직한 태도라 하기 어렵다.

반면 자신의 삶에 대한 생각 없이 그날그날 즐겁게만 보내는 것 역시 삶에 대한 바람직한 태도는 아니다. 우리가 스펀지밥(과 뚱이)의 행복한 나날에서 위로를 받기 어려운 이유다.

스펀지밥은 집게 사장의 말도 안 되는 고용 조건과 노동 환경에도 전혀 문제 의식이 없다. 그저 좋아하는 햄버거 패티를 굽고 가끔 단짝 뚱이와 해파리 낚시를 할 수 있으면 그뿐이다.

그러나 스펀지밥이 현재의 행복에 충실한 사이 집게리아의 고용 조건은 점점 나빠질 것이고, 다른 이들에게도 이런 조건이 당연히 받아들여진다면 비키니 시티 전체 삶의 질에도 영향을 줄 것이다. 스펀지밥은 예전처럼 뚱이와 해파리 낚시를 할 여유를 가질 수 있을까? 이런 스펀지밥의 행복을 행복이라 말할 수 있을까?

오늘의 즐거움이 중요하지, 사람들이나 사회문제는 나와 상관없다는 식의 태도는 결과적으로 건강한 사회에도 해가 될 뿐 아니라 자신의 삶에 대한 책임감도 모자란 생각이다. 삶은 자신의 것이고 행복 또한 자신의 삶에서 스스로 얻어야 하는 것이다.

이러한 생각은 제1·2차 세계대전을 지나며 유럽에서 싹텄던 실존주의 철학에서 그 배경을 찾을 수 있다. 인류사를 이끄는 보편적 법칙에 희생되어왔던 개인들이 자신의 존재 이유를 자기 내부에서 찾기 시작한 것이다.

아주 간단하게 말하자면 실존이란 자신이라는 존재로서

그 존재의 이유에 맞는 삶을 사는 것이며, 제 삶의 주인이 되는 것이다. 실존에서 염두에 두어야 할 것은 개인이 자신의 존재를 이해하고 있어야 한다는 사실이다. 스펀지밥과 징징이처럼 제 삶의 주인이 자신이라는 것을 인지하지 못한 상태는 실존이라 할 수 없다.

실존이란 내가 사는 세계에서 나를 발견하는 데서 시작된다. 자신이 처한 상황과 조건이 마음에 들지 않는다고 그것들을 부정하고 도피하는 이들은 자신의 삶을 산다고 말하기 어렵다. 또 인간은 태어날 때부터 타인과 맺어져 있으며 타인의 존재로 인해 존재할 수 있다. 따라서 사람들은 자신이 관계 맺은 다른 이들에 대한 책임과 의무를 갖는다. 이러한 책임과 의무를 방기하고 관계에서 단절된 삶 역시 실존은 아닐 것이다.

자신의 존재를 자각한 순간부터 실존은 피할 수 없는 과제로 부과된다. 실존이란 기왕 태어난 김에 죽지는 못하고 살아지니까 사는 것이 아니고, 다른 사람들 사는 대로 흘러가듯 살아가는 것도 아니며, 주어진 조건에 적응하고 때로는 극복하며 삶의 주인으로서 적극적으로 자신의 삶을 살아내는 것이다.

물론 인간에게는 자유의지가 있다. 자기 삶의 모습을 선택할 자유가 있다. 내가 처한 상황에 절망할 자유도, 내가 사는 곳을 떠날 자유도, 나와 연결된 이들을 귀찮아할 자유도, 그들과의 관계를 끊어버릴 자유도, 심지어 (그래서는 안 되겠지만) 자신의 삶을 포기할 자유도 있다.

그러나 인간은 자신의 선택에 책임을 져야 한다. 사르트르는 말한다. "인간은 자유로 단죄받았다. 인간은 어떤 형태로든 자신의 존재를 떠맡아야 하고 선택해야 한다." 그렇지 않으면 사람들은 누군가가 바라는 대로 존재하게 된다. 어떠한 선택을 하지 않아도 그는 선택하지 않을 자유를 행사한 것으로서 어느 쪽이든 자신의 선택에 책임을 질 수밖에 없다.

실존은 쉽고 간단한 것이 아니다. 한 존재로서 스스로 존재하기 위한 길이 신나고 즐거울 수만은 없다. 즐겁자고 떠난 여행도 온갖 피로와 스트레스, 자잘한 위기로 점철되어 있다는 것을 떠올려 보면 이해가 쉬울 것이다. 실존은 오히려 수많은 고난과 위기를 극복해가는 과정에서 그 진정한 의미를 느낄 수 있다.

실존주의 철학은 행복을 일시적인 긍정적 정서 같은 것으로 정의하지 않는다. 행복을 직접적으로 언급한 실존 철학자는 많지 않은데, 그중 대표적인 인물 니체는 행복이란 '힘이 증가하고 있다는 느낌'을 받는 것이라 했다. 그는 인간이 자신을 강하고 위대한 존재로 고양시키고 싶어 하는 '힘으로의 의지'를 갖고 있다고 보았다.

니체는 일신의 안위만을 탐하는 인간을 '말세인(末世人)'이라 칭하고 내적으로 강하며 기품 있는 생명력이 충만한 인간을

'초인(超人, superman)'이라 했다. 이 슈퍼맨이 그 슈퍼맨이다. 그러나 초인은 쫄쫄이를 입고 하늘을 날아다니며 위기에 처한 사람들을 구하는 이가 아니다. 초인은 외부 상황에 쉽게 굴복하지 않고 항상 상황의 주인으로 존재하면서 상황을 압도(통제)하는 자신의 힘을 느끼는 인간이다.

행복한 사람은 고난과 고통이 없기를 바라지 않는다. 그런 것들이 존재함에도 불구하고 정신적인 평정과 충일함을 느낄 수 있는 사람이다. 이런 사람들은 현실의 곤경을, 자신을 고양시킬 기회로 여긴다. 즉, 니체가 말하는 힘이란 고난과 고통을 극복하고 자신의 삶을 통제할 수 있는 힘, 실존의 능력을 말한다. 사람들은 자신의 삶을 살아낼 때 행복할 수 있다.

나답게 산다는 것

나답게 살란다. 남들 따라 살지 말고 나로서 살란다. 나답게 산다는 건 어떤 것일까?

사실 세상에서 제일 어려운 게 나답게 사는 거다. 인생과 삶의 의미에 대해 천착한 심리학자들이 괜히 자기실현을 삶의 최종 목표로 두는 게 아니다.

나답게 사는 것은 광고에 나오듯 사고 싶은 것을 사고, 가고 싶은 곳에 여행가는 것이 아니다. 그런 삶이야말로 남들이 원하는 삶이다. 그들은 당신이 돈 쓰기를 바랄 뿐이지 당신의 자기실현이나 행복에는 관심이 없다.

사고 싶은 걸 사려면 돈이 있어야 하고 여행하고 싶을 때

여행을 떠나려면 돈은 물론 시간을 비롯한 기타 등등이 있어야 한다. 직장인이라면 여행 기간 동안 내 업무를 대신할 사람이 필요하고 아이를 키운다면 아이를 맡길 사람이나 아이와 함께 여행할 수많은 준비가 필요하다. 떠나고 싶을 때 훌쩍 떠나기란 불가능에 가깝다.

사람은 혼자 살지 않는다. 내 삶에는 내가 맺은 사람들과의 관계와 내가 맡은 사회적 역할도 포함된다. 그냥 내가 하고 싶은 대로 사는 건 이기적이고 무책임한 행위다. 우리는 자신만 즐겁게 살면서 다른 이들을 피곤하게 하고 심지어 해를 끼치는 사람들을 종종 본다. 나답게 산다는 것을 완전 잘못 이해하고 있는 사람들이다.

나라는 존재는 나의 환경과 조건 속에서 나의 의지와 선택에 의해 형성된 것이다. 나로서 산다는 것은 내게 주어진 환경과 조건을 받아들이고 그 속에서 의지를 발휘하여 삶을 이끌어 간다는 뜻이다.

행복을 찾는답시고 회사의 노예로, 한 가정의 가장으로, 아이의 부모로 살기 싫다는 것은 자신이 선택한 자신의 삶을 부정하는 일이다. 물론 자신이 한 선택으로도 갈등은 발생할 수 있다. 간절히 들어가기 원했던 회사에서 일하는 의미를 찾지 못할 수도 있고, 진정 사랑해서 결혼한 사람에게 실망할 수도 있다. 세상 무엇과도 바꿀 수 없는 내 아이가 얼마나 사람 피를 마르게 하는지 아는 사람은 안다.

　그럼에도 불구하고 자기실현은 자기의 모습을 받아들이는 데서 시작된다. 회사를 들어가기로 한 것도, 결혼한 것도, 아이를 낳은 것도 자신의 선택이다. 그 선택이 잘못된 것이라면 잘못한 자신을 받아들이고 자신이 진정 바라는 삶을 시작하면 된다. 하지만 자신이 잘못된 선택을 한 게 아니라면 해야 할 일은 그 선택을 한 사람이 자기 자신이라는 사실을 받아들이는 것이다.

　예를 들어보자. 결혼한 사람들 사이에 결혼은 무덤이란 말이 떠돈다. 집값, 출산, 육아, 교육비 등 가정사에 얽매이지 않고 내가 번 돈 내 마음대로 쓰면서 즐기던 때가 더 좋다는 얘기다. 그러나 결혼을 선택한 건 자신이다. 자신이 선택해놓고 제 삶이 불행하다고 불평하는 것은 비겁하다.

　결혼 안 한 이들의 사정은 나을까? 우리는 타인의 삶을 부러워한다. 내가 가보지 못한 길이기 때문이다. 현재의 내가 불행하다면 내가 선택하지 않은 타인의 삶이 더 나아 보일 수밖에 없다. 산다는 것은 선택이고, 하고 싶은 일들을 전부 할 수 있는 길은 없다. 다시 말해 삶은 어떤 일을 하고 싶은 나와 그것을 하지 못하는 나와의 갈등의 연속이다. 자기실현은 그러한 갈등을 어떻게 해결하느냐에 의해 결정된다. 즉, 자기실현은 결국 어떤 내가 되고 싶고 어떤 노력을 기울이는가에 달려 있다.

　내가 원해서 결혼을 했다. 그런데 나는 아내와 시간을 보내기보다 친구들과 술 마시는 게 더 좋고, 그것이 나다운 일이라 생각한다. 그렇다면 나는 결혼이라는 잘못된 선택을 한 것이다. 속히 잘못을 인정하고 아내와 헤어지는 것이 자기실현의 길이다. 그러나 친구들과 술을 마시고 싶지만 그로 인해 아내가 불행해지는 것을 원하지는 않는다면 그것이 새롭게 발견한 자신의 모습이다. 자신의 새로운 면을 발견했다면 그 모습을 받아들이고 새로운 나로 살아가는 방법을 찾아야 한다. 이 역시 자기실현이다.

자기실현은 수많은 자신의 모습과 마주하고 부딪치고 깨어지고 다시 붙여가는 과정을 통해 이루어진다. 때로는 마주하기 어려운 모습도 있고 용기가 사라지는 순간도 찾아온다. 그러나 이 과정을 포기해서는 안 된다. 나답게 살기 위해서다. 자존감은 그렇게 찾아낸 단단한 자기의 모습에서 비롯되는 것이다.

자신의 선택을 부정하고 해야 할 역할과 욕망 사이에서 방황하는 이유는 자신이 무엇을 더 원하는지 모르기 때문이다. 자존감이 낮은 상태다. 자신은 어떤 일도 할 수 없고, 해봤자 나쁜 일만 생길 것이기 때문에 아예 아무것도 하지 않겠다는 태도는 더 심각하다. 이런 상황에서 자존감을 높이라는 조언은 오히려 독이 된다. 진정한 자기에서 비롯되지 않은 자존감은 답이 보이지 않는 현 상황을 지속하겠다는 고집으로 이어질 확률이 크다.

더군다나 당신을 괴롭게 하는 모든 것에서 벗어나 자유로
워지라거나, 힘들고 어려운 것은 할 필요가 없으니 하지 말라
는 말은 그들의 인생에 대한 무책임을 방조하는 질 나쁜 속삭
임이다. 나라는 존재는 무엇보다 내 삶에 책임을 가진 존재이
기 때문이다.

당연히 내게 주어진 조건과 역할만 따르는 것이 더 바람
직하다거나 성숙하다는 뜻은 아니다. 자기실현은 분명, 나답
게, 나로서 살아가는 것이다. 중요한 것은 내가 원하는 일과 내
가 해야 하는 일 사이의 균형을 찾는 지혜다. 두 쪽 다 포기할
수 없다면 지혜를 엄청 발휘할 수밖에 없다. 그렇게 못 하겠다
면 어느 한쪽을 포기하고 그 선택을 한 자신을 인정하며 결과
를 받아들이는 것 역시 자신답게 사는 길이고 자신의 삶일 것
이다.

내가 오늘을 살아갈 이유

영화《김씨 표류기》에는 자살에 실패하여 밤섬에 표류하게 된 남자 김 씨의 이야기가 나온다. 어렸을 때부터 경쟁의 노예로 살도록 키워졌고 남을 이기지 못하면 도태되는 사회에서 신용불량자로 낙인찍히고, 회사에서도 여자친구에게도 버림받은 그가 선택할 수밖에 없었던 길은 자살이었다. 하지만 운 나쁘게(?) 죽지 못했고 나뭇가지에 목을 매려던 김 씨의 두 번째 자살 시도를 막은 것은 갑자기 찾아온 설사였다.

폭풍 같은 설사가 그치자 김 씨의 눈에는 한 떨기 사루비아 꽃이 들어온다. 하나둘 사루비아의 꿀을 빨아먹던 김 씨는 갑자기 흐느끼기 시작하는데…. 이 장면에는 '삶이란 죽지 못해 사는 것'이라는 우리네 삶의 본질이 잘 드러나 있다.

그렇다. 목적을 갖고 태어나는 사람은 없다. 어느 순간 정신을 차려보면 그저 살아가고 있는 내가 있을 뿐이다. 처음에는 남들이 가르쳐준 대로 살아가게 된다. 어떻게 살아야 할지모르기 때문이다. 그러나 모든 사람이 따라가는 길에서는 낙오자도 많기 마련이다. 일생을 따르던 목표를 잃어버린 사람들에게 다시 살아갈 이유를 찾기란 쉽지 않은 일이다.

영화에는 살아갈 이유를 찾는 김 씨의 여정이 코믹하지만 대단히 진지하게 묘사되고 있다. 울음을 그친 김 씨는 강가에가서 더러운 강물을 벌컥벌컥 마시고 곧이어 먹을 것을 찾기시작한다. 살아야 하기 때문이다. 처음엔 버섯밖에 구하지 못했던 김 씨이지만 죽어 떠내려온 물고기, 물고기 가시가 걸려 죽은 새 등 차츰 식단도 풍요로워지고 떠밀려온 쓰레기로 골프도치는 등 여가도 즐기면서 나름 행복한 무인도 라이프를 보낸다. 일상의 행복도 잠시, 김 씨는 곧 강렬한 욕망에 휩싸이게 된다. '짜파○티' 봉지를 발견한 것이다.

사람들 사는 세상을 떠나 잠시 행복을 느꼈지만, 짜장면에대한 욕망은 김 씨를 고통과 번뇌로 몰아넣는다. 이제까지의행복은 간데없고 김 씨의 삶은 후회와 갈망으로 점철된다. 그러다가 우연히 새똥에 씨앗이 있을지도 모른다는 생각을 하면서 희망은 샘솟고, 마침내 옥수수 씨앗을 찾아내 밭을 만들고 농사를 짓는 김 씨의 노력은 살아갈 이유가 우리의 삶을 얼마나 활기 넘치게 만들어주는지 잘 보여준다.

우리를 행복하게 만드는 것은 내가 이루어야 할 목적, 즉 살아갈 이유다. 즐거움을 추구하고 고통을 피하는 것만으로는 행복해질 수 없다. 장기적인 목적이 없고 아무런 도전이 없는 삶은 의미가 없다.

그러나 목표 추구와 성취는 지속적인 행복을 주지 못한다고 알려져 있다. 《해피어》의 저자 탈 벤 샤하르는 대학을 졸업하고 취업을 하면 학점 대신 승진이 목표가 되는 것처럼 하나의 목표를 달성하고 나면 목표가 바뀔 뿐 삶에는 그다지 영향을 주지 않는다고 주장한다.

사실 목표를 달성했을 때의 환희는 오래가지 않을뿐더러 성취를 향한 여정은 길고 고통스럽기까지 하다. 행복과는 거리가 먼 감정이다. 하지만 목표가 없으면 살아갈 이유가 없다. 많은 사람이 목표의 추구와 성취에서 행복을 느끼지 못하는 이유는 자신이 그 목표를 왜 이루어야 하는가에 대한 의미를 찾지 못한 데 있지, 목표를 추구하는 것 자체가 문제인 것은 아니다.

삶은 어쩔 수 없이 살아가야 하고 그렇기에 살아야 할 이유는 중요하다. 행복은 계속해서 추구할 어떤 것에서 찾을 수 있다.

놀랍게도 지금까지의 행복 연구에서 '목적의식'은 그다지 언급되지 않았던 주제다. 경제학자이자 《행복은 어떻게 설계되는가》의 저자 폴 돌런은 이전까지의 행복 연구들은 이러한 목적의식을 간과해왔다고 지적하면서, 행복이란 시간의 경과에 따라 즐거움과 목적의식을 경험하는 것이라고 보았다. 그는 즐거움-목적의식 원칙, PPP(Pleasure-Purpose Principle)을 제안한다.

사람들은 목적을 갖고 그것을 추구하는 데서 행복을 느끼는데, 삶에 대한 전반적 만족을 측정하는 정도로는 그러한 만족이 어디서 비롯되는지 명확히 알 수 없다. 따라서 폴 돌런은 즐거움과 목적의식의 비율을 조정함으로써 개개인이 경험할 수 있는 행복을 설계할 수 있다고 주장한다. 그의 주장을 조금만 소개해보겠다.

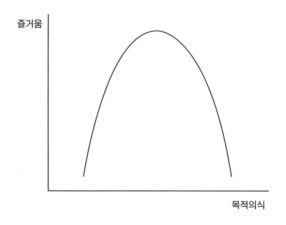

▶ 폴 돌런의 즐거움 - 목적의식 원칙

목적의식과 즐거움의 관계는 U자를 뒤집어 놓은 형태로 나타난다. 즉, 목적의식이 너무 낮아도 즐거움은 떨어지고, 목적의식이 너무 높아도 즐거움을 경험하기 힘들다. 예를 들면 연령별 행복도 조사에서 거의 언제나 가장 불행한 집단은 30~40대인데, 그 이유는 30~40대에는 사회적으로나 개인적으로 가장 많은 책임을 요구받기 때문이다. 직장에서의 업무량도 많고 출산, 육아 등 가정적으로도 많은 일에 시달리며 긍정적인 정서를 느끼기 힘든 때다. 그러나 이 시기의 일들은 개인의 목표로 한 성취와 연관되어 있으며 새 식구를 맞고 가정을 이루는 일 역시 한 사람의 인생에 있어 중요한 의미를 갖는다. 따라서 정서적인 행복은 덜 경험하지만 삶에서의 목적의식은 높아지는 것이다. 그렇기 때문에 매일의 삶에서 행복을 찾으려면 목적 추구와 일상의 즐거움의 균형이 관건이라는 것이다.

탈 벤 샤하르는 "성취주의자는 미래의 노예로 살고, 쾌락주의자는 순간의 노예로 살며, 허무주의자는 과거의 노예로 산다"고 말한다. 목적에 짓눌려 현재의 즐거움을 놓치는 것도, 현재의 즐거움에 정신이 팔려 목적을 잃어버리는 것도 바람직한 일은 아니다. 더 바람직한 것은 목적을 추구하는 데서 즐거움을 느끼는 것이다.

영국의 철학자 데이비드 흄은 사람이 하는 모든 노력의 궁극적인 목적은 행복의 달성이라 하였다. 사람들은 행복해지기 위해 기술을 발명하고 학문을 육성하고 사회를 형성했으며 또한 짜장면을 만들었다. 사는 것이 행복해지려면 가끔 '소확행' 같은 경험도 필요하지만 더 중요한 것은 자신의 삶에서 목적을 발견하는 것이다. 그러면 힘들게만 느껴졌던 일에서도 즐거움을 찾을 수 있고 즐거움을 얻으면 그 일이 더욱 의미 있게 느껴질 것이다.

의미를 찾는 능력

인간은 의미를 찾는 존재다. 자신이 한 행위에서 의미를 찾는 것은 호모 사피엔스의 특징이다. 인간은 이러한 능력으로 눈에 보이지 않는 질서를 만들었고 이에 따라 살아가는 세계를 창조했다. 즉, 인간은 자기가 살아갈 세상을 결정할 수 있는 존재, 스스로의 삶에 의미를 부여할 수 있는 존재인 것이다.

사람들은 때때로 왜인지도 모르고 결정부터 하고 나서 의미를 찾는다. 이런 면 때문에 뇌과학자들은 인간의 '자유의지'마저도 뇌 활동의 결과라고 주장하기도 한다. 우리가 자신의 의지로 한다고 생각하는 일들도 사실은 이미 생물학적으로 프로그램되어 있다는 것이다. 그러나 과학자들도 사람들이 왜 자신의 행동에 의미를 부여하는지에 대해서는 이렇다 할 설명을 하지 못하고 있다.

사람들은 자신의 행위에 부여한 의미를 위해서라면 생존과 번식에 하등 도움이 안 되는 행동도 스스럼없이 저지른다. 자신의 사회적 이미지를 위해 생명의 위험을 감수하거나 자존심 때문에 돈도 안 되는 일에 집착하는 일 등이다. 생물학적으로 프로그램된 것이라고 하기에는 이해하기 어렵다. 이런 행동을 하는 개체들은 후대에 유전자를 전할 확률이 낮지만 인간 사회에는 끊임없이 저런 개체들이 나타난다.

《이기적 유전자》의 리처드 도킨스가 말한 것처럼 혹시 그런 행동들이 종(種) 전체의 생존에 도움이 되는가 하면 꼭 그렇지만도 않은 것이, 그런 행동 중에는 고층빌딩에서 셀카를 찍다가 추락사하는 경우처럼 개인과 종의 생존 모두를 저해하는 것들도 있기 때문이다. 또라이들이나 할 짓이고 예외적인 일이라고 할 수도 있겠으나, 이런 일들까지 저지른다는 것은 인간이 자신의 행위에 의미를 부여하는 존재이기 때문이다. 생물학적 인간관을 가진 과학자들이 간과하거나 애써 무시하고 있는 인간의 중요한 특징이다.

사람이 자신의 행동에 의미를 부여하는 이유는 첫째, 지각 기능의 한계 때문이다. 인간은 감각기관을 통해 얻은 정보를 바탕으로 마음을 만들어내고 경험하는데, 인간에게는 자신이 받아들인 정보를 의식 수준에서 모두 처리할 능력이 없다. 예를 들어 오늘 타고 온 지하철에 붙어 있는 광고들을 모두 기억할 수 있는 사람은 없을 것이다.

자신이 무엇을 느끼고 생각하고 알고 있는지를 알 수 있는 영역인 의식(consciousness)은 매우 제한적인 범위에서만 작동한다. 내가 의식할 수 있는 정보들은 나와 관련 있는 것들뿐이다. 즉, 관심이 없거나 주의를 기울이지 않으면 사람들은 자신이 보고 듣고 느낀 것들을 전혀 기억할 수 없다.

2002년 노벨 경제학상 수상자 대니얼 카너먼은 인간 경험의 이러한 특성을 '경험하는 자아'와 '이야기하는 자아'라는 용어로 설명한다. 경험하는 자아는 어떤 사건을 경험하는 순간의 의식이다. 경험하는 자아는 아무것도 기억하지 못한다. 경험하는 자아는 어떤 말도 하지 않고 중요한 결정을 할 때 참조가 되어주지도 않는다. 기억을 꺼내고 이야기를 하고 결정을 내리는 것은 '이야기하는 자아'의 역할이다. 경험을 평가할 때 이야기하는 자아는 경험의 지속 시간은 고려하지 않고 '정점-결말 법칙'을 채택한다. 다시 말해 사람들은 어떤 사건의 정점과 마지막 순간만 기억해, 둘의 평균으로 경험 전체를 평가한다는 것이다. 이 평가가 그 경험에 부여한 행위자의 의미가 된다.

이는 우리가 이동 시간의 괴로움, 비싼 물가, 불친절을 감수하면서 휴가를 떠나는 이유에 대해 설명한다. 우리가 기억하는 순간은 가장 좋았던 순간이나 가장 나빴던 순간이지 가장 흔한 순간은 아니다. 그리고 그 행동에 대해 자신이 부여한 의미를 바탕으로 다음에 그 일을 할지 말지를 결정한다.

사람들이 자신의 행위에 의미를 부여하는 두 번째 이유는 세상을 좀 더 명확하게 지각하기 위해서다. 인간의 경험은 여러 가지로 해석될 수 있다. 앞서 말한 지각 능력의 한계와 더불어 개인의 지적 능력으로 세상에서 일어나는 모든 일을 이해하기에는 무리가 있기 때문이다. 그럼에도 불구하고 사람들은 자신의 주변에서 벌어지는 일들의 원인을 찾으려 한다. 자신이 사는 세상에 대한 통제력을 갖기 위해서다.

이런 이유로 사람들은 세상에 대한 나름의 이론과 신념체계를 발달시켰다. 믿음은 일종의 자기실현적 예언이다. 사람들은 자신이 믿는 대로 보고 듣고 느끼며 행동한다. 빅터 프랭클이 유대인 강제 수용소에서 그랬던 것처럼, 고통스러운 현실에서도 좌절하지 않고 스스로 창조한 세계에서 행복을 찾을 수 있는 것이다.

의미를 찾는 능력은 행복과 밀접한 관계가 있다. 사람들은 이미 일어난 일의 의미를 찾고 아직 일어나지 않은 일의 결과를 상상한다. 삶에 대한 통제감은 안정감을 주며, 미래에 대한 즐거운 상상은 현실의 고단함을 잊고 오늘의 행복을 되새기는 데 도움이 된다.

견뎌야 하는 불편함

창작의 고통에 몸부림치는 예술가는 불행할까?

흔히 통용되는 행복의 정의에 따르면 예술가는 불행하다. 불행해도 그렇게 불행한 사람이 없다. 음악이 됐든 그림이 됐든 글이 됐든 무언가를 창작해본 경험이 있는가? 하다못해 학창 시절의 사생대회라도 떠올려 보자.

일찌감치 휘갈겨놓고 놀러 간 녀석들은 제외하고, 조금이나마 작품에 자신을 표현해보려 했던 적이 있는 사람들은 알 것이다. 마감 시간은 다가오는데 원하는 대로 결과가 나오지 않을 때의 그 초조함. 다 내는데 나만 못 낼 것 같은 불안감.

예술가들이 겪는 창작의 고통을 초조함이라는 말로 다 형용할 수 있을까. 어떤 음악가는 작곡하기 위해 피아노 앞에 앉아서 곡을 구상하는 순간을 지옥 불에 불타는 경험으로 묘사했다. 글을 쓰는 작가, 그림을 그리는 화가도 마찬가지일 것이다. 논문을 쓰는 학자, 프로젝트를 진행하는 직장인도 상황은 같다. 자신을 쥐어짜서 결과를 만들어내는 일은 괴로운 일이다. 흔히 통용되는 행복의 개념으로는 대단히 불행한 상황이다.

그런데 우리는 왜 이런 일을 하는가? 창작의 결과물을 보기 위해서일까?

지옥 불 같은 창작의 고통에 시달리던 음악가는 곡이 완성되는 순간 천국을 맛본다. 해방감과 성취감, 자부심이 뒤섞인 짜릿한 감정일 것이다. 그러나 쾌감은 곧 사라지고 허무감이 찾아온다. 그럼에도 불구하고 왜 예술가들은 다시 새로운 작품에 들어가는 걸까? 또 다른 성취를 위해서일까?

창작 욕구를 성취만을 위한 것으로 해석해서는 안 된다. 창작 욕구는 자기실현의 욕구에 해당한다. 매슬로에 따르면 자기실현의 욕구란 좀 더 나은 존재가 되려는 욕구다. 현재의 자신에 만족하는 이들에게는 좀처럼 발견할 수 없는 욕구다. 이들은 존재의 실현을 위해 자신을 유혹하는 안정과 평온을 거부하고 어쩌면 고통의 연속일 수 있는 길을 선택한다.

어감이 주는 아름다운 느낌과는 달리, 자기실현의 과정은 꽃길이 아니다. 피를 말리고 잠 못 드는 밤이 계속되고 때로는 배고픔을 해결하기 위해 마음에도 없는 일을 해야 한다. 그러나 자기실현을 향해 가는 이들은 자신을 불행하다고 생각하지 않는다.

예술가란 직업은 자신이 발견한 자기의 모습이며, 창작은 그가 자기 본연의 모습으로 존재하도록 하는 일이다. 따라서 예술가들의 창작은 자기실현 이전에 존재 증명이다. 자신의 존재를 증명하는 삶을 불행하다 말할 수는 없지 않겠는가.

학생이나 학자의 불편함도 마찬가지다. 다들 경험이 있겠지만 공부를 즐겁게 하기는 힘든 노릇이다. 고통은 모르는 것을 아는 순간부터 시작된다. 내가 부족하다는 사실을 인정하는 것은 괴로운 일이다. 선택의 여지는 있다. 모르는 게 약이라 했다. 모르는 채로 있으면 편안한 상태로 머물게 된다. 행복이 긍정적 정서라면 무엇이든 모르는 채로 있는 편이 훨씬 행복하겠지만 알기로 마음먹었다면 그때부터는 고통의 연속이라는 것을 인정해야 한다.

그럼에도 불구하고 왜 공부를 하는가? 공부는 모르는 것을 알기 위해, 더 나은 사람이 되기 위해 하는 것이다. 새로운 것을 배우기 위해서는 부정적이어야 한다. 공부하는 이에게 필요한 것은 긍정적 사고가 아니라 비판적 사고다. 학자는 끊임없이 의심하고 회의해야 하며, 그 과정에서 자기를 발견하고 자기를 증명한다. 풀리지 않는 문제를 붙잡고 씨름하는 학자에게 그만 불행에서 빠져나와 행복한 삶을 살라고 말할 수 있는가?

또 예술가나 작가, 학자들이 자기를 증명하기 위해서만 일하는 것은 아니다. 그들은 활동의 결과로 돈을 받고 그 돈으로 생계를 유지해야 한다. 노동자든 예술가든 어떤 직업으로 살아간다는 것은 사회가 자신에게 요구하는 역할을 해야 한다는 뜻이다. 이를테면 화가는 그림을 팔아 돈을 벌고 작가는 원고료를 받고 글을 쓴다. 그런 종류의 일들은 자기 증명과는 별개인 경우가 많다.

그러다 보면 소위 의뢰인의 요구에 맞추기 위해, 유행을 따르기 위해 자신의 색깔을 포기하는 등 나답지 않은 일을 하게 된다. 세상에 고고한 이미지로 비춰지는 학자들도 연구를 하기 위해서는 어디서든 연구비를 받아야 하며 자신이 원하는 연구를 하기 위해서는 돈 주는 기관의 입맛에 맞는 연구를 해야 할 때도 있다. 이런 일들은 재미도 없을뿐더러 의미를 찾기도 어렵다.

반복되는 하루하루나 직장일이 매일 즐겁고 재미있는 사람은 없다. 그러나 우리는 누구나 이러한 일상을 견뎌야 한다. 살아가기 위해서다. 우리의 삶에는 살아가기 위해서 견뎌야 하는 수많은 고통과 불편함 그리고 지루함이 있다. 그러나 그런 것들이 있다는 사실이 우리가 불행하다는 의미는 아니다.

오늘 실패해도 삶은 계속되니까

사실 포기는 행복의 지름길이다.

　포기는 안도감과 편안함을 준다. 불확실한 목표에 더 이상 아등바등 매달리지 않아도 되고 피를 말리는 경쟁에서 물러날 수 있게 해준다. '포기하면 편해'라는 말도 있지 않은가.

　하지만 우리는 쉽게 포기해서는 안 된다. 얻을 수 있는 것은 얻어야 하고 가질 수 있는 것은 가져야 한다. 생명권, 행복추구권, 의사 표현과 거주 이전의 권리 등 당연히 내게 주어진 권리라면 말할 것도 없다. 더구나 누군가는 쉽게 가질 수 있었던 것들을 포기하라는 조언 같은 걸 따를 필요는 전혀 없다.

　그러나 모든 것을 포기하지 말라는 뜻은 아니다. 예를 들면 나는 덩크슛은 포기했다. 사십 대 중반에 이른 나이에 키가 더 클 것 같지는 않아서다. 또 나는 트와이스 쯔위와의 결혼도 포기했다. 이미 10여 년 전에 결혼해서 아내가 있을 뿐더러 내가 미혼이라고 한들 설마하니 쯔위가 나와 결혼하겠다고 할까.

이렇듯 우리는 선천적 혹은 후천적 이유로 모든 목표를 달성하는 것은 불가능한 세상에 살고 있다. 이런 상황에서 위와 같은 꿈들을 이룰 수 있다고 믿는 것은 망상(delusion)이다. 망상은 명백히 사실이 아닌 것들을 사실이라고 믿는 단계다. 이쯤 되면 행복하지 않은 정도가 아니라 당장 치료를 받아야 하는 수준이다.

이런 종류의 꿈을 갖고 여기에 매달리는 이들은 결코 행복해질 수 없다. 그러나 많은 사람이 이룰 수 없는 꿈 때문에 불행해하는 것 역시 사실이다. 사람들이 이루어질 수 없는 꿈에 매달리는 이유는 그 꿈을 이룰 수도 있었다고 믿기 때문이다.

내가 어렸을 때 밥만 좀 더 잘 먹었어도 덩크슛을 할 수 있었을 텐데, 내가 돈 많은 집에서 태어났으면 더 여유롭고 행복하게 살 수 있었을 텐데, 일찌감치 JYP에 찾아가 연습생이 되었다면 아이돌이 돼서 쯔위도…(아, 이건 안되겠구나). 0에 수렴할지언정 그래도 가능성이 1도 없지는 않은 것 같은 일말의 가능성은 가질 수 없는 것에 대한 간절함을 더욱 키운다.

우리가 더 불행한 이유는 삶이 선택의 연속이기 때문이다.

짜장면을 먹을까 짬뽕을 먹을까 같은 사소한 선택부터 어떤 직업을 선택할까, 어떤 가치를 위해 살아야 할 것인가 등 살면서 많은 선택을 해야 하고 그 선택에 따라 인생의 방향이 완전히 달라진다.

그리고 나이를 먹고 살아갈수록 과거의 선택이 가져오는 차이는 점점 더 커진다. 현재가 불행하다고 느낄수록 사람들은 과거의 선택을 후회한다. '내가 왜 그랬을까', '그때 그 선택을 하지 말았다면', '그때 그 선택을 했었더라면….' 후회로 점철된 현재가 행복할 리 없고 현재를 살지 못하는 삶이 자신의 삶일 리도 없다.

이 불행을 끝내고 싶다면 두 가지 선택이 가능하다. 지금이라도 과거의 선택을 바꿔 새 삶을 사는 것이 첫째고, 자신의 선택을 인정하고 받아들이는 것이 둘째다. 짜장면 대신 짬뽕을 먹은 것이 후회된다면 다음 끼니에는 짬뽕을 시켜 먹으면 된다. 지금 직장이 마음에 안 든다면 다른 직장을 알아볼 일이고, 같이 사는 사람이 마음에 들지 않으면 빨리 보내주고 새 사람을 찾아야 할 것이다. 그것이 당신이 행복해지는 길이라면 망설일 까닭이 없다.

그러나 일견 쉬워 보이는 첫 번째 방법이 어려운 이유는, 이미 한 선택을 번복할 때 생기는 기회비용 때문이다. 선택에는 책임이 따른다. 짜장면이야 내일 먹으면 그만이지만 한 사람의 선택에는 수많은 가치와 관계가 개입되기 마련이다. 시간이 흐르면서 선택에는 그만큼의 부가 비용이 붙는다.

'아, 그때 그 선택을 하는 게 아니었는데….' 이런 후회 많이 들 해보셨을 것이다. 그런데 막상 과거로 돌아간다면 다른 선택을 할 수 있을까? 과거의 선택을 후회할 수 있는 것은 과거의 선택이 있었기 때문이다. 과거의 선택을 후회하는 것은 결국, 그 시점부터 현재까지의 자신의 삶을 부정하는 꼴이 된다.

따라서 현재를 불행하지 않게 사는 더 나은 방법은 현재를 받아들이는 것이다. 나의 선택으로 인해 이제는 멀어진 목표들을 내려놓고, 그렇다. 그런 것은 포기가 아니라 내려놓음이라 불러야 마땅하다. 집착을 버리는 것이다.

사람은 영원히 살 수 없으며 모든 것을 가질 수 없다. 한때는 가질 수 있다고 생각했고 또 가지기 위해 애를 썼지만, 지금도 그것을 가지려고 하는 나 자신이, 그것을 가지지 못했다는 사실이 나의 오늘과 내 옆에 있는 이들을 돌아보지 못하게 한다면 이제는 그것을 내려놓을 때인 것이다.

이는 포기와 다르다. 포기는 눈물과 아쉬움을 남기지만, 내려놓음은 희망과 기대를 품게 한다. 내려놓으면 여유가 생긴다. 그동안 무언가를 붙잡고 있던 힘과 시간을 쓸 수 있게 되는 것이다. 그 힘과 시간을 쓰게 되는 곳이 다시 살아갈 이유를 찾을 수 있는 곳이다.

하지만 내려놓기 전까지는 매달려보는 경험도 필요하다. 원하는 것을 가지려 하는 것은 인간의 당연한 본능이다. 내려놓는 지혜를 발휘할 때는 할 수 있다고 생각하는 때까지 할 수 있을 만큼 힘을 내본 다음이다.

나의 내려놓음을 누군가는 갖지 못한 자의 변명이라 비난할 수도 있다. 실패자의 합리화라고 수군거리는 사람도 있을 것이다. 아마도 세상은 나를 기억해주지 않을 것이다. 하지만 상관없다. 나는 오늘 실패해도 삶은 계속되니까.

우리가 기억해야 할 것은 그래도 삶은 계속된다는 사실이며, 내 삶의 주인은 나라는 사실이다. 나는 하루하루를 살아내야 할 책임이 있으며 앞으로도 계속될 내 삶을 의미 있게 만들 사람은 나뿐이다.

5장
·
우리는 이미
행복해지는 법을
알고 있다

드립의 민족에게
불행할 시간은 없다

가끔 TV에 나오는 전문가들이 한국인들을 웃을 줄 모르는 사람들로 묘사하곤 하는데 정말이지 웃기지도 않는다. 나는 기본적으로 분노가 많은 사람이지만 그럼에도 불구하고 남 웃기는 것도 좋아하고 나 자신도 잘 웃는다. 하지만 이런 말을 들으면 웃음기가 싹 가신다.

역사적으로 한국인들은 풍자와 해학의 민족이라 불러왔다. 문학과 예술을 비롯한 우리 문화 전반에 풍자와 해학이 깃들어 있는데 웃을 줄 모르긴 누가 모른다는 것인가.

풍자란 사회의 부정적 현상이나 인간의 모순을 비웃는 표현 방식이다. 웃음으로 포장되어 있으나 풍자의 심리적 기능은 신분 제도 같은 사회적 질서 때문에 내게 부정적 감정을 불러일으킨 대상을 직접적으로 공격할 수는 없으니 말 그대로 '돌려 까는' 것이다. 반면 해학은 화나고 슬프고 안타까운 장면을 웃음으로 승화시킨다. 상황 자체를 우습게 만들어버림으로써 부정적 감정을 전환하는 것이다.

민초들이 즐겼던 탈춤은 이러한 풍자와 해학의 한마당이었다. 조선 후기 들어 꽤 고급화된 판소리도 마찬가지다. 중·고등학교 교과서에 실려 있는 탈춤 대사나 판소리 사설만 봐도 알 수 있다.

계급적 질서가 지배하던 과거, 분하고 화나는 일을 당한 민초들이 억울함을 해소할 방법은 많지 않았을 것이다. 그러나 삶은 계속되어야 한다. 화나고 억울한 마음으로 하루하루를 살아갈 수는 없다. 일은 일대로 안 되고 몸은 몸대로 시들어갈 것이다. 풍자와 해학은 견디기 어려운 부정적 감정들을 견딜 만한 것으로 바꾸어주는 기능을 가졌다. 다시 말해 풍자와 해학은 일상의 부정적 경험에 대처하는 우리 문화의 방어기제라 할 수 있다.

풍자와 해학은, 그러나 현실에 대한 순응과는 거리가 멀다. 풍자와 해학에는 부정적 감정을 긍정적으로 바꾸어주는 기능 외에도 저항 의지의 표출이라는 기능이 있다. 부당한 권위를 인정하지 않는 삐딱하고 날카로운 정신이다.

일제 강점기 창씨개명에 대응하는 우리 조상들의 개명 사례를 보면, '犬糞食衛(이누쿠소 쿠라에, 개똥이나 처먹어라)', '昭和亡太郎(쇼와 보타로, 쇼와 망해라)', '玄田牛一(쿠로다 규이치, 畜生, 칙쇼[畜生]를 파자하면 畜=玄+田, 生=牛＋一이 된다)', '田農炳夏(덴노헤이카, 천황폐하와 동음)' 등 서슬퍼런 일제 권력에 순응하지 않고 어떻게든 불만을 드러내려는 의지가 느껴진다. 때로는 드러내놓고, 때로는 알면서도 모르는 척, 헛웃음이 나오지만 웃어넘길 수만은 없는 것이 풍자요 해학이다.

한편 풍자와 해학의 기본 원리는 파격, 즉 격식(형식)의 파괴에 있다. 익숙한 상황을 깨고 맥락을 비틀어 웃음과 재미를 이끌어내는 것이다. 파격에 가장 적절한 예는 일제 강점기 진도 지역에서 불려던 〈거꾸로 아리랑〉에서 확인할 수 있다. 〈거꾸로 아리랑〉이란 일제가 민족정신을 고취시킨다는 이유로 아리랑을 부르는 것을 금지하자 가사를 거꾸로 해서 불렀다는 노래다.

판대본일 리바각딸 의놈왜 들끼새(일본대판 딸각바리 왜놈의 새끼들)

을칼총 고다찼 라마 을랑자(총칼을 찼다고 자랑을 마라)

아리아리랑 스리스리랑 아라리가 났네

아리랑 응응응 아라리가 났네

신순이 이선북거 면가떠 실둥두(이순신 거북선이 두둥실 떠가면)

은남 다죽 들끼새 자종 라리하 을살몰(죽다 남은 종자 새끼들 몰살을 하리라)

이렇듯 한국인들은 역사 속에서 풍자와 해학을 통해 억압과 핍박에 굴하지 않고 이를 웃음으로 승화하며 부정적 감정에 짓눌리지 않고 패기롭게 살아왔다. 그리고 그 정신은 현재까지 면면히 이어지고 있다.

인터넷 시대가 열린 후로 인터넷이라는 공간은 각종 패러디와 드립이 넘쳐난다. 단순히 재미로 하는 것도 많지만 현실에 대한 날카로운 비판을 담은 풍자형 패러디는 단연 한국 인터넷 문화의 백미다.

모 도지사가 119 구조대에 부당한 지시를 내리자 인터넷에는 그의 이름을 풍자한 순대국밥집이 문을 열었고, 재임 중 여러 부패 스캔들에 오르내린 전직 대통령에게는 가카(각하)의 이름을 함부로 다룬 짬뽕이 헌정되었다. 메르스 사태 당시에는 낙타고기를 조심하라는 보건 당국을 비꼬는 낙타의 페이스북 계정이 개설되기도 했다.

최근 우리가 목격한 풍자와 해학의 한마당은, 뭐니 뭐니 해도 2016년 전국을 뒤덮었던 탄핵 촛불집회였다. 거리로 나선 수백만의 촛불 외에도 각양각색의 패러디가 온라인과 오프라인을 뒤덮었다. '민주묘총', '전견련', '장수풍뎅이 연구회' 등 엄숙하기만 할 것 같은 시위 현장에 나타난 기상천외한 깃발들은 당시의 분위기를 잘 보여준다.

우리는 국정농단이라는 초유의 사태에 분노했지만, 화만 내지는 않았다. 좌절과 분노는 풍자와 해학의 옷을 입고 성숙하게 표출되었고 자칫 폭력을 부를 수 있었던 부정적 에너지는 긍정적 에너지로 화해, 탄핵에 이어 세계가 높이 평가한 평화적 정권교체를 이뤄낼 수 있었다.

지금도 한국의 온·오프라인에는 오만가지 패러디와 드립이 넘치고 있다. 풍자와 해학의 민족의 전통을 잇는 '드립의 민족'이다.

패러디와 드립은, 풍자와 해학은 부당함과 억울함에 대처하는 방식이며 일상에서 즐거움을 찾는 방식이다. 만약 당신이 그런 드립과 패러디 게시물에 낄낄거렸다면 혹은 그런 콘텐츠를 만들어본 적이 있다면 당신은 잘하고 있는 것이다.

내 삶을 짓누르는 부정적 감정에 매몰되지 않고 어떻게든 긍정적 에너지를 발산하는 사람은 이미 행복한 사람이다.

욕의 카타르시스

한국에는 욕이 많다. 대표적인 것들만 꼽아봐도 '개-'가 들어가는 종류와 성기가 들어가는 종류(좆, 씹 등)를 비롯하여 과거의 형벌에서 비롯된 것들(오라질, 젠장할, 육시랄 등), 염병, 지랄, 미친과 같이 신체적·정신적 질병과 관련된 종류 그리고 근친상간 등의 패륜적 의미인 것(니미랄, 제기랄, 지기미 등) 등 줄줄이 나온다. 이 외에도 동물과 관련된 것, 신체 장애나 훼손과 관련된 것 등 다양한 범주의 욕이 있고 또 이상의 것들이 조합된 형태까지 합하면 엄청나게 많은 욕이 존재하고 또 사용되고 있다는 것을 알수 있다. 그래서인지 한국에는 다양한 욕이 소개된 '욕 대사전'까지 있을 정도다.

반면 옆 나라 일본에는 욕이랄 게 거의 없다. 기껏해야 '바카(ばか, 바보)'나 '아호(あほ, 멍청이)' 정도다. 바카는 '바카야로'에서 유래한 말로, 한자로 말 '마(馬)' 자와 사슴 '록(鹿)' 자를 쓴다. 우리말로 '젠장'이라고 종종 번역되는 '칙쇼'도 축생(畜生), 즉 짐승이란 뜻이다. 겨우 동물들이 욕이라니 깜찍하다고 해야 할지…. 애니메이션에 종종 나오는 '아호'도 멍청이, 천치 정도의 수준으로, 이 정도는 한국에서 욕도 아니다.

　물론 일본에도 이보다는 많은 비속어가 있겠지만 '이러저러한 놈' 정도로 상대를 경멸하며 부르는 종류가 많고, '꺼져라' 내지는 '죽어버려' 정도이지 우리말처럼 구체적이고 다양하진 않다고 볼 수 있다.

　어떤 사람들은 한국 사람들이 욕을 많이 하니까 나쁜 사람들이고 일본 사람들은 욕을 안 하니까 좋은 사람들이라고 생각하는 것 같다. 서로서로 욕하는 사람들이 살고 있으니까 그만큼 불행한 것도 같고. 맞는 말이다. 초등학교 수준에서는. 친구들끼리 욕하지 말고 사이좋게 지내야 착한 어린이지.

　그런데 문화는 착하고 나쁘다로 평가할 수 있는 대상이 아니다. 문화는 특정 집단의 사람들이 주어진 환경에 적응하기 위해 오랜 시간에 걸쳐 만들어온 것으로, 사회 유지와 존속을 위한 기능을 수행하기 때문이다.

　한국인들이 욕을 많이 한다는 것을 그들의 기질이나 본성으로 설명해버리면 간편하긴 하겠지만, 어떤 문화를 제대로 이해하는 방법은 아니다. 문화는 그 표면적 현상보다 숨은 기능이 더 중요한 법이다.

그렇다면 과연 욕의 기능은 무엇일까?

욕은 표면적으로 상대에 대한 공격의 의미를 담고 있다. 욕의 표현을 보면 대부분 상대에 대한 멸시와 조롱, 저주와 협박에 관한 내용이다. 그러나 욕의 현시적 의미가 실제로 실행되는 경우는 거의 없다. 우리가 욕하는 그런 일이 실제로 일어난다면 세상은 끔찍한 반사회적 범죄로 가득 찰 것이다. 물론 한국에는 그런 범죄가 넘쳐 나지는 않는다.

따라서 욕의 실질적인 기능은 따로 있다고 봐야 한다. 그것은 바로 부정적 감정을 표출한다는 것이다. 욕을 하는 상황은 좌절이나 상실 등에 의해 화가 치솟을 때다. 상대방에 대한 실망과 배신감, 미움도 함께 올라온다. 이러한 부정적 감정은 정신 건강에 매우 해롭다. 좌절이나 상실감이 빨리 회복되고 상대방의 사과와 사죄가 뒤따른다면 좋겠지만, 동서고금에 그런 일이 당연하게 일어나는 사회는 없다.

이때 분하고 억울한 마음을 억누르기만 한다면 어떨까. 한국에서는 그럴 때 화병이 난다고 한다. 화병은 화가 나도 제대로 화낼 수 없고 자신의 마음을 이야기할 사람도 없을 때 발생하는 병이다. 욕은 이러한 나쁜 감정을 배출해주는 것이다.

물론 자기감정을 배설하기 위해 남의 기분까지 상하게 하면 안 되겠으나, 화가 치미는 일이 있을 때 아무도 없는 곳에서 욕이라도 시원하게 한바탕하면 조금이나마 숨통이 트이지 않을까? 없는 데서는 나랏님도 욕한다는 말이 있다. 한국에서 욕은 평소에 누적된 부정적 감정을 표출하는 수단이었던 것이다.

욕의 기능은 여기서 끝나지 않는다. 욕은 욕하는 사람을 강하고 위험해 보이게 만들어준다. 이는 아이와 어른 사이에서 한창 자기정체성을 확립해가는 청소년들이 욕을 많이 하는 이유이기도 하다. 일부러 거친 말을 하면서 다른 이들이 자신을 무시하지 못하게 방어하는 것이다. 일종의 자기 과시 기능이라고 할 수 있겠다.

물론 허약한 자신의 내면을 방어하고자 욕을 하는 것은 미성숙한 태도다. 나이를 먹을 만큼 먹고도 욕을 입에 달고 다니는 사람은, 욕이 자연스러운 한국에서도 평판이 좋지 않다. 그러나 방어기제라는 것이 그렇듯이 외부적 충격으로부터 자신을 보호해준다는 기능은 숙고할 여지가 있다. 좌절에 무릎을 꿇고 포기하는 사람보다는 자기를 지키려는 사람이 소위 회복탄력성도 높고 더 행복해질 가능성도 크다.

한편 한국 문화에서 욕이 쓰이는 맥락이 또 하나 있다. 욕은 의외로 친한 사이에서도 많이 쓰이는데, 특히 어릴 때부터 많은 시간을 함께했던 '○알 친구'들이 주고받는 대화를 들어

보면 가관이다. 욕이 빠지면 대화가 안 된다고 믿는 것이 틀림없다. 그렇다고 그들이 서로를 원수로 알고 증오하는 관계인 것은 아니다.

한국 문화에서는 욕이 정(情)스러운 관계의 상징이기도 하다. 요새는 찾아보기 힘든 시장통의 욕쟁이 할머니들은 고객들에게 쌍욕을 날리며 장사를 한다. 거기서 정색하고 자영업자의 태도 운운하는 것은 우리의 문화적 맥락에서 크게 벗어나는 짓이다. 욕쟁이 할머니의 가게에 찾아가는 이들이 원하는 것은 욕 너머에서 느껴지는 할머니의 따뜻한 정이기 때문이다.

욕은 나쁘기만 한 것이 아니다. 살다 보면 욕 나오는 상황이 많다. 그럴 땐 욕을 하는 게 낫다. 때와 장소에 맞게 잘만 하면, 욕은 마음속 응어리를 풀어주고 사람들과의 유대를 강화해주는 삶의 활력소가 될 수 있다.

풀어야 산다

한국인들은 무엇이든 푸는 것을 좋아한다. 긴장하면 긴장을 풀어야 하고, 오해가 있으면 오해를 풀어야 한다. 기분이 안 좋으면 기분을 풀어야 하고, 오랜만에 만난 친구들끼리는 그간의 회포를 풀어야 한다. 술을 마셔서 속이 쓰리면 뜨끈한 해장국으로 속을 풀고, 감기가 걸려 몸이 찌뿌둥하면 사우나에 몸 좀 풀러 가야 한다.

'푸는 것'의 반대는 '꼬이고 얽히고 맺히는 것'이다. 한국인들은 뭐가 됐든, 꼬이고 얽히고 맺힌 상태를 좋지 않게 생각한다. 대표적인 게 바로 '한(恨)'이다. 예로부터 한은 한국인들에게 부정적 정서의 총체이자 불행의 결정체로 이해되어왔다.

문화심리학의 연구들에 의하면 한은 자신의 삶에 대한 통제력을 잃어버릴 때 발생한다. 바로 부당한 일을 당했을 때나 간절히 원하는 것이 좌절되었을 때다. 그때는 억울하고 분하고 괴롭다. 한마디로 살맛이 나지 않는 상태다.

　　이런 상태로 살 수는 없다. 사람들은 억울하고 분한 마음을 다스리기 위해 그 원인을 자기 자신에게 돌린다. '내 탓이다', '내가 못 배운 탓이다', '내가 가난한 집에서 태어난 탓이다'.

　　그렇다. 최근 몇 년간 한국 사회의 키워드였던 '헬조선', 'N포세대'의 본질은 한이었던 것이다.

　　그러나 한은 퇴영적이고 무기력하지만은 않다. 한국 문화에서 한이란 '풀려야 하는 것'이다. 한이 좌절과 체념의 감정으로 알려져 왔던 것은 일제 강점기 이후의 부정적 자기 인식의 결과다. 잊혔던 한의 다른 측면은 한을 풀겠다는 강한 동기다.

　　한을 풀기 위해 한국인들은 엄청난 에너지를 발휘한다. 〈전설의 고향〉에 나오는 귀신들은 한을 풀기 위해 저승길도 미루지 않았던가. 한국인들은 배고팠던 한을 풀기 위해, 못 배운 한을 풀기 위해, 남에게 무시당했던 한을 풀기 위해 살아왔다. 현대사회에서 한국이 이뤄낸 모든 것들은 이 에너지가 있기 때문이었다.

　　한이 풀릴 수 있다는 가능성을 느낄 때, 한이 풀려나갈 때 한국인들은 '흥(興)'을 느낀다. 흥이란 재미나 즐거움이 슬슬 올라오는 느낌을 말한다. '어? 이거 되겠는데?', '이거 재미있는데?' 흥에는 맺힌 것을 풀어내고 싶다는 설렘이 담겨 있다.

흥이 오르면 사람들은 저도 모르게 몸을 움직인다. 춤이다. 춤은 어떤 도구의 도움 없이 자기를 표현하는 방법이다. 꼬이고 얽혀서 풀리지 못하고 맺혀 있던 자신을 드러내는 것이다. 하지만 자기를 표현하는 방법이 꼭 춤일 필요는 없다. 나를 드러낼 수 있는, 나다운 행위면 무엇이든 상관없다.

흥이 오르고 자신을 표현할 때는 자기를 얽매어왔던 억제를 벗어놓을 필요가 있다. '이렇게 해도 괜찮을까?', '이런 동작은 어떨까?' 하는 걱정을 가지고서는 제대로 자신을 표현할 수 없다. 막춤이라도 좋다. 괴성을 질러도 좋다. 이를 가능하게 하는 것이 다른 이들의 존재다.

우리말에 '추임새'란 말이 있다. 추임새는 '얼씨구', '좋다', '잘한다' 등 춤을 추게끔 만드는 소리를 말한다. 내게 추임새를 넣어주는 사람은 내 옆에 있는 이들이다. 이들은 춤추고 싶은 내 마음을 알기에 내가 어떤 춤을 춰도 이해해준다. 나 역시 그들을 춤추게 하는 존재임은 말할 것도 없다. 이러한 공감을 바탕으로 내 춤은 모두의 춤이 되고, 내 즐거움은 모두의 즐거움이 된다. 이것이 바로 신명이다.

이 장면, 어디서 본 듯한 느낌이 들지 않는가?

심야의 고속버스에서 아주머니들이 추는 춤, 노래방에서

의 풍경, 공연장에서의 떼창. 신명이란 내 속에 맺혀 있던 무언
가를 잘 풀어낼 때의 기쁨, 그것을 다른 이들과 나누고 함께하
는 즐거움이다. 신명은 우리들이 느껴왔던 기쁨이자 즐거움이
며 감격이고 행복이다. 한과 대비되는, 한국 문화에서 가장 긍
정적인 것으로 여겨져 왔던 감정이다.

신명의 불씨는 작은 설렘에서 시작된다. 내가 나임을 느끼
고 내 삶에 대한 통제력을 되찾는 순간이다. 그 가슴 뛰는 순간
에 우리는 재미를, 즐거움을 느낀다. 흥이 솟는다.

흥은 전적으로 자발적인 감정이다. 심리학 용어로 내재적
동기에 해당한다. 스스로 흥을 내지 못하면 신명에 이를 수 없
다. 다시 말해 내 삶의 의미를 스스로 찾지 못한 이들은 살아가
면서 흥이 나기 어렵다는 얘기다. 신명에 도달하기는 애초에
틀린 일이다.

그러니 사는 게 재미가 없다는 이들은 자신의 삶에 대한 통
제력부터 찾아야 한다. 살아지니까 사는 수동적인 삶이 아니라
하루하루 살아갈 이유를 가진 삶을 사는 것이다. 그러나 삶의
의미는 거저 얻어지는 것이 아니다. 개개인이 살아야 할 의미
까지 찾아줄 현자는 없다.

살다 보면 나라고 믿어왔던 모습이 허망하게 무너질 때
도 있고, 오랫동안 이루고자 노력해왔던 목표가 덧없이 사라
질 때도 있다. 삶의 의미는 그러한 순간들을 이겨내면서 부딪

치고 깨어진 자신의 모습을 주워 담고 꿰어 맞추는 과정을 통해 스스로 찾아내는 것이다. 심리학에서 자기실현이요 개성화(individuation)라고 부르는 과정이다.

삶은 진정한 자기를 찾는 여행이다. 여행을 가면서 늘 기분이 좋을 수만은 없다. 그 길은 길고 멀다. 그 길에는 빛도 있고 어둠도 있으며, 평탄한 길도 있고 험한 길도 있다. 그러나 가지 않을 수 없는 길이다.

힘들고 지칠 때는 휴게소에 들르는 것도 좋다. 맛있는 음식, 함께 여행하는 이들과의 대화, 꿀맛 같은 휴식. 그러나 휴게소에 가기 위해 여행을 떠나는 사람은 없다. 여행을 즐기자. 그러나 여행의 목적은 잊지 말자.

하얗게 불태우면 외않됀데?

많은 사람이 눈살을 찌푸리는 한국 놀이문화의 특징 중 하나는 '적당히'가 없다는 것이다. 요즘은 개인주의 문화의 확산과 경제 침체로 그런 모습이 많이 줄었다고는 하지만 2차, 3차, 노래방으로 이어지는 술 문화와 각종 관광지에서 벌어지는 음주 가무는 그야말로 '하얗게 불태운다' 외에는 딱히 수식할 말이 없을 정도다.

이러한 놀이문화의 연원은 실로 깊은데 《삼국지》〈위지〉 '동이전'에 보면 "거기 사람들은 한번 놀면 밤낮없이 음주 가무를 즐긴다"라고 적혀 있으며, 경주 안압지에서 출토된 신라시대 14면체 주사위에는 소위 술 게임하는 방법이 빼곡하게 적혀 있다. 그 옛날부터 이 땅에 살던 사람들은 와인잔 손에 들고 고

상하게 담소를 나누는 방식으로는 놀지 않았다는 얘기다.

한국 놀이문화의 가장 상징적인 단면은 단언컨대 '고속버스 춤'이다. 전통적인 음주 가무가 고속버스라는 공간에서 재해석된 것이다. 어둠이 내린 고속도로, 달리는 버스 안에서 펼쳐지는 광란의 춤판은 이 세상의 것이 아닌 느낌을 강하게 준다. 봉준호 감독이 영화 〈마더〉의 마지막 장면으로 고속버스 춤을 선택한 이유가 있다.

고속버스 춤의 중요한 특징은 엄청난 몰입에 있다. 생각해보라. 시속 100km로 달리는 버스 안에서 춤을 추려면 보통 집중력으로는 불가능하다. 그러나 한국인들은 그 어려운 것을 해낸다. 이것이 바로 몰입이다.

이 몰입은 긍정심리학의 '플로'와는 다르다. 플로가 어떤 행위를 하면서 물 흐르듯 자연스럽게 빠져드는 상태를 말한다면 고속버스 춤의 몰입은 의도적으로 전력을 다해 행위에 뛰어드는 것이다.

왜 한국인들은 이런 식으로 노는 것일까?

한국인들이 이렇게 몰입하는 이유는 그 상황에서 자유로운 표현들이 가능하기 때문이다. 고속버스 춤 동작은 단순한 것 같으면서도 개개인의 개성이 살아 있는 프리스타일, 즉 막춤이라고 할 수 있는데 사람들은 자신의 흥에 따라 배운 적도 없고 정제되지도 않은 몸짓을 풀어놓는다.

현대 무용가 안은미는 2015년 프랑스 파리의 한 축제에서 한국 아주머니들의 막춤을 주제로 공연을 열었다. 고속버스 춤으로 대표되는 막춤은 평단과 관객의 엄청난 호응을 얻었다. 춤을 제대로 배워본 적 없는 그들의 자유로운 표현이 사람들의 공감을 이끌어낸 것이다.

표현 예술 치료의 효용은 널리 알려져 있다. 자유로운 표현은 자신감정을 이해하고 마음의 상처를 치유하는 데 도움을 준다. 쌓였던 스트레스를 해소하는 것은 물론 몰랐던 자신의 모습을 발견함으로써 새로운 삶의 에너지를 찾게 하는 효과도 있다.

이러한 경험, 이러한 감정을 한국인들은 '신명'이라 불렀다. 신명은 전통 놀이나 국악 한마당에서만 찾을 수 있는 것이 아니다. 신명은 먹고사느라 뭐 하나 제대로 배울 시간도 없었던 이들의 삶 속에 이어져 내려왔다. 힘들고 억울한 일 많은 민초들이 삶에 짓눌리지 않기 위해 끌어올리던 긍정적 에너지가 바로 신명인 것이다.

세상의 모든 문화는 일상의 부정적 감정을 해소하는 나름의 방법을 갖고 있다. 예로부터의 축제나 제의는 모두 이러한 기능을 수행해왔다. 삶 중에 발생할 수 있는 좋지 않은 감정의 찌꺼기들을 씻어내고 구성원들의 화합과 공동체의 유지를 도모하는 것이다.

고대 그리스는 비극으로, 로마 제국은 공포로, 어떤 문화는 비장함으로, 어떤 문화는 유머로 감정을 극대화함으로써 부정적 감정을 배설(카타르시스)하고 새로운 에너지를 채웠다. 우리의 경우에는 신명이 그것이다. 신남, 즐거움이라는 긍정적 감정을 극도로 끌어올리는 것이다. 그러려면 일상의 조그마한 즐거움을 극대화할 수 있는 문화적 장치들이 필요하다.

즉, 고속버스 춤은 신명에 도달하기 위한 제의다. 신명을 내기 위해 사람들은 긍정적 기분을 느낄 수 있는 행위에 몰입한다. 고속버스 춤 특유의 빠른 비트의 음악은 감정을 고조시키고 함께하는 이들과의 공감은 이러한 감정을 더욱 끌어올리는 기폭제가 된다. 감정이 고조되다 못해 어떤 지점에 도달하면 체면 때문에, 성격이나 사회적 지위 때문에 평소에 하지 못하던 그 어떤 행동도 허용되는 완벽한 자유의 순간이 찾아온다. 답답하던, 막혔던 기운이 터져나와 자유롭게 흘러넘치는 순간이다.

이 경험을 했던 사람들은 신명을 맛보기 전까지는 일상으로 돌아갈 수 없다. 잠시의 일탈이 끝나고 다시 일상으로 돌아가야 한다는 생각이 들 때, 신명으로의 욕구는 더욱 불타오르기 마련이다. 관광에서 돌아가는 야밤의 고속버스가 춤판이 될 수밖에 없는 이유다. 풀어내야 할 것이 있기에 그 신명은 쉬이 사그라지지 않는다.

한국인들이 한 번 불붙으면 하얗게 불태운다는 이야기는

여기서 온 것이다. 내 안에서 솟아오른 흥에 불이 붙으면, 그 불은 그간의 꼬이고 얽히고 맺힌 것들을 모두 태워야 꺼진다. 마음 깊은 곳에 남아 있던 감정의 찌꺼기들마저 타고 나면 한국인들은 '후련하다'고 말한다.

달리 말해, 후련함을 느끼지 못하면 한국인들은 '논 것 같지 않다'. 《삼국지》〈위지〉'동이전'부터 기록된, 몇 날씩 계속되었다는 한국인들의 놀이문화의 근원이 여기 있다. 여기서 그만하기에는 아쉬우니까.

교양 없고 천박해 보인다는 이유로 우리의 놀이문화는 차차 잊혀져 가고 있다. 남 눈치 보지 말자면서 우리가 하고 놀던 것은 왜 부끄러워하는지 모르겠다. 남부끄럽다는 이유로 내다 버리기에는 문화적 기능을 결코 무시할 수 없다. 안전이 문제라면 고속버스가 아니더라도 마음 맞는 사람들과 함께 마음껏 자신을 표현할 곳은 얼마든지 있다.

하얗게 불태우자. 한 점 아쉬움이 남지 않을 때까지.

"밥 한번 먹자"

우리는 "밥 한번 먹자"는 말을 자주 한다. 그러나 진짜 밥을 먹는 경우는 많지 않다. 언제 "밥 한번 먹자"는 인사말에 "그래? 언제?"라며 진짜 날을 잡으려고 들면 눈치없다는 말을 들을 수 있다. 그래서인지 어떤 이들은 이 말을 각박해진 현대 한국 사회의 상징쯤으로 여기는 듯하다.

한국인들에게 "밥 한번 먹자"는 말은 의례적 표현이다. 의례적 표현이란 특정 상황에서 의사소통 기능을 하는 문화적 표현이란 얘기다. 한국인들은 아주 친하지는 않지만 그렇다고 모른 척하기는 뭣한 사람을 만났을 때 또 보고 싶지는 않지만 그냥 헤어지자니 정 없다는 소리를 들을 것 같을 때 "밥 한번 먹자"고 말한다. 그러니 누군가에게 "밥 한번 먹자"는 말을 듣고도 실제로 먹은 적이 없다면 그 사람의 관계의 질을 짐작할 수 있다.

하지만 실망할 필요는 없다. 한국인들이 아무에게나 밥을 먹자고 하는 건 아니다. 함께 밥을 먹을 수 있는 사이는 가까운 사이다.

식구. '밥 식(食)'자에 '입 구(口)', 밥을 같이 먹는 사이는 가족이라는 얘기다. 그래서 밥 한번 먹자는 말은 내가 너를 가깝게 생각한다는 표현이다. 지금은 시간이 없어 이렇게 헤어지지만 나는 너와 언제든 밥을 먹을 수 있는 사이라는 사실을 서로 확인하는 것이다.

"밥 한번 먹자" 말고도 한국인들의 밥 사랑은 수많은 맥락에서 확인된다. 이성에게 작업을 걸 때도 "저랑 밥 한번 드실래요?", 누군가가 고마울 때도 "내가 밥 한번 살게", 친구가 아플 때도 "밥은 꼭 챙겨먹어"라고 말한다.

가장의 책임은 식구들 밥 안 굶기는 것이고, 지극한 사랑의 표현도 밥을 해먹이는 것이다. 장철문 시인의 시 〈어머니가 쌀을 씻을 때〉에는 먼저 보낸 자식을 그리워하는 어머니의 절절한 사랑이 드러난다. "(중략) 아가, 내 아가/너는/어디로 가서/이 다 된 저녁에 네 방에서 기척을 낼 수 없는 거냐/에미 손으로 씻어서 안친 따순 밥 한술 멕여서 보내고 싶은 내 새끼야".

미운 사람에게도 밥은 중요하다. 영화 〈살인의 추억〉에서 형사 송강호가 범인과 마주쳤을 때 한 말이 "밥은 먹고 다니냐?"였고, 드라마 〈나의 아저씨〉에서 아들을 모욕한 건축업자가 사과하러 왔을 때 어머니가 건넨 말 역시 "밥 먹고 가요"였다.

이렇듯 밥은 한국 문화에서 매우 중요한 역할을 한다. 한국인들에게 함께 밥을 먹는 행위는 마음을 나누고 우리가 가족(식구)임을 확인하는 동시에 서로를 위로하고 용서하는 의식이다.

최근 사회가 여러모로 변화하면서 한국인들의 식사 문화도 많이 바뀌고 있다. 가족이 머리 맞대고 밥 먹을 시간 자체가 별로 없기도 하고, 1인 가구가 늘어나고 생활 주기가 다양해지면서 누군가와 밥 먹을 기회 자체가 줄어들기도 했다. 그러나 그렇다고 해서 함께 밥을 먹으면서 충족해왔던 욕구들마저 사라진 것은 아니다.

그 증거가 바로 '먹방'이다. '먹방'은 아프리카나 유튜브에서 주야장천 먹는 모습만 보여주는 방송을 의미한다. 외국에서 'food porn(음식 포르노)'라고 알려질 만큼 한국 1인 방송계의 독특한 콘텐츠다. 한국인들은 왜 먹방에 열광할까?

누가 더 많이 먹고, 누가 더 희한한 음식을 먹느냐는 먹방의 본질이 아니다. 먹방은 맛있게 밥을 먹는 누군가를 보여준다. 한국인들은 나와 마주 앉아 밥 먹는 사람이 보고 싶은 것이다. 혼밥, 혼술이 더 이상 어색하지 않고 나 혼자 사는 것이 새로운 생활 스타일로 받아들여지고 있지만 대인관계에 대한 욕구는 그렇게 쉽게 사라지지 않았다.

인간은 관계적 동물이다. 사람은 다른 사람이 없으면 살아갈 수 없다. 진화생물학자 로빈 던바는 영장류의 사회적 본능이 생존 가능성을 증가시켰다고 말한다. 인간은 살아남기 위해 무리를 지었고 더 잘 살아가기 위해 다른 이들과 소통해왔다.

타인과의 지속적인 상호 작용은 정신뿐 아니라 신체 건강에도 직접적인 영향을 미친다. 가족을 비롯해 친구, 이웃과 잘 지내는 사람들이 그렇지 않은 이들보다 훨씬 더 건강하고 행복하다. 인간은 60시간 이상 고립되면 정신적으로 문제가 생긴다. 이는 수많은 연구가 지지하는 사실이다.

인간의 가장 중요한 특징인 언어가 다른 개체들과의 감정 교류를 위해서라는 가설은, 인간이 다른 인간들과 얼마나 연결되어 있는 존재인지를 짐작케 한다. 그러나 늘 다른 사람들에게 둘러싸여 있을 때는 그런 사실을 깨닫기 어렵다. 더구나 삶의 무게에 눌리고 관계에 지칠 때면 혼자 방에 틀어박혀 아무도 만나고 싶지 않을 때가 있다.

그러나 그렇다고 모든 사회적 관계에서 물러나서는 안 된다. 어차피 혼자 사는 인생, 남들 눈치 볼 것도 없고 기분 맞춰 줄 필요도 없으니 그냥 혼자 지내라는 식의 조언은 입에는 달지만 결국 몸을 망치는 불량식품과도 같다. 관계 유지에 들어가는 정신적, 금전적 비용이 아깝다고 관계를 소홀히 하는 것은 건강 관리에 들어가는 비용이 아깝다고 운동도 하지 않고 병원도 가지 않는 것과 같다.

우리가 힘들고 귀찮아도 따로 시간을 내어 운동해야 하는 이유는 그렇지 않고서는 생활에서 충분한 운동량을 채우기 어려워 건강을 유지할 수 없기 때문이다. 짜증나고 귀찮아도 시간을 내어 사람을 만나고 지적, 정서적 교류를 해야 하는 이유도 마찬가지다.

또 정서적 지지와 정신 건강을 위해서만 사회적 관계가 필요한 것은 아니다. 사람들은 관계 속에서 서로에게 의미를 가지며, 의미는 서로의 책임하에서 지속된다. 관계에서 멀어지겠다는 말은 나와 관계를 맺은 이들에 대한 책임을 저버리겠다는 말과 다르지 않다.

그러니 밥을 먹자. 가까운 사람들과. 꼭 먹자. 시간을 내서라도.

보람찬 하루 일을 끝마치고서

과학에 따르면 행복하다는 느낌은 몸에서 일어나는 생화학적 반응이다. 생화학적 기제는 생존과 번식에 도움이 되는 행동을 유쾌한 감각으로 보상한다. 돈, 사랑, 명예, 친구 사귀기, 도움 행동 등 우리가 행복을 느끼는 대상은 대개 인간의 생존·번식과 직접적인 관련이 있다. 우리는 행복하다는 느낌을 얻기 위해 이런 것들을 추구한다.

따라서 가장 쉽게 행복해지는 방법은 약을 먹는 것이다. 1932년 출간된 올더스 헉슬리의《멋진 신세계》에는 모든 사람이 '소마'라는 약을 복용한다. 이 약을 먹으면 사람들은 아주 행복해진다. 이 책이 출간될 당시만 해도 공상에 가까웠던 이 아이디어는 이미 우울증 치료 등 임상 장면에서 적용되고 있다.

그러나 알약 하나로 행복한 느낌을 얻을 수 있다면 우리가 지금까지 해온 일들은 무엇이란 말인가? 굳이 학교를 다니고, 어학을 공부하고, 회사를 다니고, 이성을 만나고, 결혼해서 자식을 키우고… 행복해지기 위해 이렇게 아등바등할 필요가 있을까?

행복이 뇌에서 전해지는 감각이라면 직접 뇌를 자극하여 행복을 느끼면 안 될 이유가 무엇이란 말인가? 행복해지는 약이 나오면 먹겠냐는 질문을 수업 시간에 학생들에게 하면 약을 먹겠다는 쪽과 먹지 않겠다는 쪽의 비율이 대개 비슷하다. 뭐 개인의 선택이니 어느 쪽을 선택하든 내가 간섭할 일은 아니다. 하지만 이 질문에는 반드시 생각해야 할 문제가 있다. 바로 사는 이유다.

우리가 원하는 삶은 무엇인가. 일체의 세상사에서 벗어나 하루 한 알의 약으로 또는 머리에 쓰는 작은 장치로 하루 종일 행복할 수 있다면 굳이 살아야 할 이유가 있을까?

긍정적인 감정을 경험하는 것은 행복을 위해 필요하기는 하지만 충분조건은 아니다. 생존과 번식을 위해서는 재미없거나 때로는 괴롭고 고통스러운 일도 견뎌야 하고, 뇌는 사람들에게 그런 일을 시키기 위해 보상으로서 행복감을 주게끔 발달했다. 보상이 미리 주어진다면 그 어떤 고통도 감내할 이유가 없다. 즉, 사람들은 살아갈 이유를 잃게 된다. 주객이 전도된 것이다. 우리는 이런 식의 삶을 마약이나 도박 중독자들에게 흔히 볼 수 있다. 우리에게 시급한 것은 살아야 할 이유를 찾는 것이지 출처가 불분명한 긍정적인 정서를 맹목적으로 추구하는 것이 아니다.

그렇다면 살아갈 이유는 어디서부터 어떻게 찾아야 할까?

왜 사냐는 질문은 언제나 말문을 막히게 한다. "왜 사냐 건 웃지요"라는 시도 있지 않은가. 물론 시인의 웃음은 삶에 달관한 이의 웃음이겠지만, 보통 사람들은 할 말이 없어서 웃게 마련이다.

문득 영화 하나가 떠오른다.《트루먼 쇼》. 트루먼은 사상 최대 TV쇼의 주인공이다. 그가 사는 마을 씨 헤븐(sea heaven)은 하나부터 열까지 촬영을 위해 만들어진 세트다. 부모님과 친구, 아내까지도. 트루먼은 씨 헤븐에서 그야말로 완벽한 삶을 산다. 완벽한 날씨, 완벽한 가족, 완벽한 친구, 완벽한 직장. 그러나 트루먼은 이 완벽한 세계를 떠나려 한다.

물을 무서워하는 트루먼이 바다로, 폭풍우를 무릅쓰고 나아갈 수밖에 없었던 이유는 무엇일까. 세트장의 벽에 부딪친 트루먼에게 쇼의 연출자는 이야기한다. 이 세상은 거짓말과 속임수로 가득 차 있지만 내가 만든 세상에선 두려워할 것이 없다고. 그럼에도 트루먼은 캄캄한 세트 밖으로 발을 내딛는다.

자신의 삶을 찾아서.

트루먼은 완벽한 세트 안에서 안정되고 평화로우며, 다른 모든 사람에게 기쁨을 주는 삶을 살고 있었지만 그것은 자신의 삶이 아니었다. 사는 이유 중에 가장 중요하고도 근본적인 이유는 자신의 삶을 사는 것이다.

사람들은 자신의 삶을 통제할 수 있을 때 비로소 '살아 있다'는 느낌을 받는다. 바로 이 점 때문에 인간은 주어진 자극에 수동적으로 반응하지 않는다. 주어진 자극에 반응하는 것은 내가 내 삶을 통제한다는 느낌을 전혀 주지 못하기 때문이다. 인간이란 주어진 자극에 대한 반응을 선택할 수 있는 존재다.

빅터 프랭클이 '삶의 의미'라는 개념에 주목하게 된 계기도 이와 같다. 빅터 프랭클은 그 어떤 긍정적인 반응도 기대할 수 없는 자극들만 존재하는 강제 수용소에서 희망을 찾아내고 삶을 견딜만 한 것으로 바꿔나가는 인간의 능력을 보았다.

물론 가혹한 환경을 이기지 못하고 죽어간 이들도 많았지만 사람들에게는 같은 상황에서 다른 선택을 할 수 있는 자유가 있고, 결국 어떤 선택을 하게 만드는 것은 자신이 찾는 살아갈 이유다. 빅터 프랭클은 그것을 삶의 의미라고 하였다.

우리의 행복은 스스로 찾는 삶의 의미에서 시작되어야 한다. 우리가 행복하지 않은 이유는 삶의 의미를 찾지 못해서이지 매일같이 즐거운 일이 일어나지 않아서가 아니다. 의미 있는 삶을 사는 것이 바로 행복이다.

우리말에 '보람'이라는 말이 있다. 자신이 한 일에 대한 만족감 또는 자랑스러움이나 자부심을 갖게 해주는 일의 가치를 뜻하는 말이다. 어느새 좀처럼 듣기 힘든 말이 돼 버린 보람의 의미는 누구나 한 번쯤 들어봤을 유명한 군가의 가사에 잘 드러난다. "보람찬 하루 일을 끝마치고서 두 다리 쭉 펴면 고향의 안방…."

'고향'이나 '안방'은 모두 편안함과 만족감을 상징한다. 군대의 일과는 힘든 일로 꽉 차 있다. 그러나 그 일에서 보람을 느낄 수 있다면 기꺼이 그 고통을 감내할 수 있다. 즉, 보람이란 의미에서 느껴지는 만족감이다.

내 삶의 의미와 연관되지 않은 재미와 쾌감은 일시적이며 내게 살아갈 이유를 주지 못한다. 삶에서 보람을 찾는 것이야말로 지속적인 행복을 얻을 수 있는 길이다.

자주 그리고
오래 행복하기 위해서는

나는 누구를 위로할 만한 사람이 아니다. 그럴 의지도, 능력도 없다. 굳이 나누자면 위로가 필요한 사람에 속한다. 잘하지도 못하고 할 생각도 없는 위로보다는 여러분의 행복에 뭔가 도움이 될 만한 마무리를 하고 싶다.

이 책에서 강조하고 싶었던 것은 목적의식, 즉 삶의 의미다. 행복이란 일시적인 기분 좋음이 아니다. 행복이란 내일도 계속될 우리의 삶을 의미있게 만들어줄 수 있는 것들을 하루하루 맛보며 사는 것이다. 내 삶을 이끌어갈 삶의 의미는 도대체 어떻게 찾아야 할까.

버트런드 러셀은 그의 저서 《행복의 정복》에서 행복해지기 위해서 폭넓은 관심을 가질 것을 당부한다. 주위에 일어나고 있는 무수한 사건들은 우리가 관심을 기울일 때에만 비로소 경험된다. 관심의 대상이 되는 것들은 개개인의 관심사에 따라 그야말로 다양할 수 있는데 사람들이 부여하는 의미가 곧 그의 관심사다.

우선 관심사는 내 주변에서 찾을 수 있다. 흥미를 끄는 것들, 재미를 느끼게 하는 것들, 취미 등이다. 이런 종류의 관심사들은 소소한 목표를 세우는 데 도움이 되고 이를 달성하면 성취감도 제공한다. 이미 우리 주변에는 책을 읽거나 악기나 공예를 배움으로써 삶의 의미와 재미를 충족하고 있는 많은 이들이 있다. 사소한 관심으로 행복해질 수 있는 가장 간단한 실천이다.

그러나 이런 방식의 행복 추구는 곧 권태에 빠지기 쉽다. 자극은 더 강한 자극을 필요로 하며, 모든 배움에는 숙련이 필요하다. 처음에는 새로움이 주는 재미와 설렘으로 빠져들지만 어느 순간 진도가 잘 나가지 않거나 변화가 없다고 느껴지면 더 이상 재미를 느끼기 힘들게 된다.

지속적인 행복을 원한다면 관심의 폭을 주변으로 더 넓혀 볼 것을 권한다. 예를 들면 개인적인 관심으로 해오던 일들을 통해 다른 이들에게 긍정적인 영향을 미치려고 해보는 것이다. 사람들에게 즐거움을 준다든가, 감동을 준다든가, 지식을 전해준다든가 하는 시도들 말이다.

책 읽는 것이 취미라면 독서 모임을 만드는 것도 좋다. 책을 읽은 나의 감상을 다른 이에게 이야기해줄 수도 있고 다른 이들의 생각으로 내 생각을 살찌울 수도 있다. 악기가 취미라면 밴드를 만들 수도 있을 것이다. 사람들이 모이면 자연히 할 일이 나뉘고 다양한 상호작용이 발생한다. 그 전에 다른 사람들과 뭔가를 나눈다는 일은 즐거운 일이다.

그 결과가 나와 나와 함께 하는 이들 그리고 세상에 긍정적인 영향을 준다면 더할 나위가 없을 것이다. 같은 뜻으로 모인 사람들은 사회를 좀 더 좋은 방향으로 바꾸는 힘이 되기도 한다. 우리 사회가 더 나아지면 그 안에 사는 사람들도 더 행복해지지 않을까.

관심은 또한 일시적이기보다는 장기적이어야 한다. 무언가를 향한 나의 노력은 내가 통제할 수 없는 일들로 한순간에 허사가 될 수 있다. 사람들이 목표가 좌절되었을 때 절망하는 이유는 그다음을 생각해본 적이 없기 때문이다. 원하는 대학에 가지 못하면, 원하는 직장에 취업하지 못하면, 원하는 연봉을 받지 못하면 인생이 끝났다고 생각한다. 운 좋게 목표를 이루었다고 해도 목표를 달성한 후의 쾌감은 일, 이주일을 넘지 못한다.

그러나 인생은 생각보다 길다. 지금 얻지 못했다고 앞으로도 얻지 못하리라는 법은 없으며, 지금 목표를 이루었다고 해도 앞으로 또 다른 목표들도 계속 달성하리라는 보장은 없다. 과거에는 만족스럽지 않았던 일이 나중에는 좋은 결과로 돌아오는 경우도 있고, 좋은 일이라고 생각했던 일이 후에 나쁜 결과로 이어지는 경우도 많다.

그러나 관심이 크고 장기적인 사람이라면 작은 일에 일희일비하지 않는다. 살다 보면 수많은 좌절과 상실을 겪게 된다. 그것을 피할 수 있는 사람은 없다. 중요한 것은 좌절과 상실에 어떻게 대처하느냐지 좌절과 상실을 피할 방법을 찾거나 좌절과 상실에 눈감는 것이 아니다.

강물이 좌로 굽이치고 우로 굽이치며 때로는 떨어지고 때로는 흩어져 부서지지만 결국 바다로 흘러가듯이, 장기적인 관심사, 장기적인 삶의 의미를 가진 사람은 자신이 맞는 방향으로만 가고 있다면 하루하루의 삶에 충실하면서 만족을 느낄 수 있을 것이다.

어쩌면 평생을 두고 노력해온 일이 결국 내 인생에서는 이루어지지 않으리라는 점을 깨달을 수도 있다. 한 사람의 인생은 길지만 분명 한계가 있기 때문이다. 개인의 신체적, 정신적 능력에도 한계가 있다. 우리는 농담처럼 '이번 생을 틀렸어'란 말을 하곤 한다. 내가 가진 능력과 조건으로는 더 이상 힘들다는 것이다.

내가 했던 노력도 내 존재가 사라지는 순간 함께 무의미해 질 것이라는 사실만큼 사는 것을 허무하게 만드는 것도 없다. 사람들은 인간으로서 가질 수밖에 없는 존재의 한계를 극복하기 위해 많은 노력을 해왔다. 진시황은 우리나라까지 와서 불로 초를 찾았고 영생의 비법을 발견하는 와중에 화학도 발달했다.

그러나 사람은 영원히 살 수 없다. 내가 죽어도 잊혀지지 않는 나의 존재를 전할 수 있는 유일한 길은 사람들의 기억 속에 남는 것이다. 우리는 수백, 수천 년 전에 죽은 이들을 기억하고 그들이 남긴 발자취를 되새긴다. 그들의 몸은 죽었지만 그들을 떠올리는 이들의 마음속에 영원히 존재할 수 있다. 이것이 매슬로가 말한 초월의 욕구다.

초월적 존재는 세계사에 이름을 남기는 위인일 수도 있으나, 그렇지 않다고 해서 낙담할 필요는 없다. 세상은 우리가 이름을 기억하지 못하는 수많은 사람들 덕분에 지켜져 왔고 또 움직여 간다. 나만이 아니라 다른 이들을 위해, 나의 이번 생에서만이 아니라 다른 이들의 다음 생을 위해서 무언가 할 수 있다면 나라는 존재가 이 세상에 살아야 하는 좋은 이유가 되지 않을까.

정작 우리만 몰랐던 한국인의 행복에 관한 이야기

우리가 지금 휘게를 몰라서 불행한가

초판 1쇄 발행 2019년 8월 30일 초판 2쇄 발행 2019년 9월 30일

지은이 한민
펴낸이 연준혁

출판 2본부 이사 이진영
출판 6분사 분사장 정낙정
책임편집 이경희
디자인 윤정아 표지 일러스트 김지현

펴낸곳 (주)위즈덤하우스 미디어그룹 출판등록 2000년 5월 23일 제13-1071호
주소 경기도 고양시 일산동구 정발산로 43-20 센트럴프라자 6층
전화 031)936-4000 팩스 031)903-3893 홈페이지 www.wisdomhouse.co.kr

ⓒ한민, 2019
값 15,000원
ISBN 979-11-90182-92-8 03810

이 도서의 국립중앙도서관 출판시도서목록(CIP)은 서지정보유통지원시스템 홈페이지
(http://seoji.nl.go.kr)와 국가자료공동목록시스템(http://www.nl.go.kr/kolisnet)에서 이
용하실 수 있습니다. (CIP 제어번호: CIP2019030196)